息子の新妻　ふしだらな秘密

早瀬真人
Mahito Hayase

イースト・プレス 悦文庫

目次

息子の新妻　ふしだらな秘密

プロローグ

自宅の書斎にて、佐久本康介《さくもとこうすけ》は腕組みをしながら低い唸《うな》り声をあげた。

デスクの上には、一通の報告書が置かれている。

それは、息子・賢治《けんじ》の婚約者である茉莉奈《まりな》の身上調査書だった。

康介は半信半疑の面持ちで、再度、興信所の調査員が調べた書類に目を通した。

生年月日、家族構成、学歴、職歴と、不審な点は何ひとつない。

彼女の両親とも顔を合わせていたが、小学校の教頭をしている父親、元教師の母親も実直で誠実そうな人柄だった。

地方出身とはいえ、育ちのいいお嬢様という印象は覆せなかったのだが、一番の問題は、調査書の一番最後に記されている内容だった。

学生時代（二年時）に、企画女優として、三本のアダルトビデオに出演歴の可能性あり――。

（……信じられんな）

康介は、傍らに置かれた茶封筒に目を向けた。

調査員はご丁寧にも、証拠品として、彼女が出演するAV作品を提出してきたのである。

(この封筒の中に、そのビデオが……入っているのか)

康介は、入社当時の茉莉奈の初々しい姿を思い浮かべた。

セミロングの艶《つや》のある黒髪、クリッとしたリスのような目、小さな鼻にプリッとしたアヒル口。とても二十二歳とは思えないほど若々しく、まるで地上に舞い降りた天使のような清廉さを見せつけていた。

茉莉奈をひと目見たときの衝撃と胸のときめきは、今でも忘れられない。それほど、瑞々《みずみず》しい魅力を放っていた。

彼女は入社してから、康介の社長秘書として、およそ二年近く一番身近な存在として接してきた。

仕事に対する真摯《しんし》な態度、細かい気配り、頭の回転の速さに気づくまで、それほどの時間は要さなかった。

今どき、こんなによくできた若い女性がいるのかと、本気で唸ったものだ。

今にして思えば、年甲斐《としがい》もなく恋をしていたのかもしれない。

元来、生真面目な性格の康介は、よこしまな思いをすぐさま封印し、茉莉奈を自分の娘のような目で見るようになった。

何としてでも、彼女を息子の嫁にしたい。

賢治は大学卒業後に佐久本商事へ入社し、次期社長を目指して帝王学を学んでいる。

二十七歳と二十四歳なら、年齢も釣り合うだろう。

茉莉奈はその可憐《かれん》な容貌《ようぼう》から、男性社員の熱い視線を集めており、ぐずぐずしていると他の男にとられるケースも考えられた。

康介は積極的に二人を引き合わせ、やがて交際へと発展したのち、ついに婚約までこぎつけたのである。

念願叶《かな》い、茉莉奈が義理の娘になるという事実に狂喜乱舞し、この世の幸せをたっぷりと噛《か》みしめていた。

この報告書を目にするまでは……。

(律子《りつこ》の奴が悪いんだ！　あの子を調査しろなんて言うから!!)

康介は佐久本家に婿入りしたあと、三年前に亡き先代の跡を引き継いで佐久本商事の社長になった。

資産家の娘として生まれた律子は、典型的な苦労知らずのお嬢様で、気位がやたら高く、癇《かん》が強い。

国内海外旅行、エステ、ファッション、ショッピング、芝居見物が趣味の専業主婦は、家を空けることが多く、セレブ生活を満喫している。

律子も茉莉奈のことは気に入っていたようだが、身上調査を命じたのは、やはり上流階級のプライドからきたものなのだろう。

相手の立場に立って物事を考える茉莉奈とは大違い。

結婚した当初から、律子の尻に敷かれてきた康介にとって、二世帯住宅への同居を決めてくれた茉莉奈は、まさしく救世主的な存在でもあるのだ。

(だけど……結果的には、調査をして正解だったということか？　と、とにかく、ビデオを確認してみないことには)

調査員に確認したところ、ＡＶへの出演は、大学時代の茉莉奈の近しい人間から得た情報らしく、同一人物だという証拠は手に入らなかったらしい。

つまり、人違いだという可能性も十分ある。

康介は緊張の面持ちで、震える手を茶封筒に伸ばした。

茉莉奈であるはずがないと思いながらも、恐怖心があるのか、三本あるアダルトビデオのうち、一本だけを取りだし、恐るおそるパッケージに目を向ける。

最初に、『フェラチオ天国　ぶっかけ祭り』というタイトルが視界に入り、康介は頭をクラッとさせた。

ネットで調べたところによると、企画女優とは複数の女性の中の一人として出演する女優らしく、ギャラが単体女優より安い代わりに、親や友人、知人たちへの顔バレの可能性が低くなるようだ。

パッケージの表は、およそ茉莉奈とは似つかない、派手な顔立ちの一人の女性が写っていた。

ホッとしながら裏面を返せば、五人の女優たちの顔写真が瞳に飛びこむ。

康介は心臓の鼓動を拍動させつつ、一人一人じっくりと確認していった。

(あ……こ、この子か!?)

五人目の女性の顔は確かに茉莉奈に似ていたが、写真が小さいうえに化粧が濃く、本人だとはどうしても断定できない。

(これじゃ、わからないな。やっぱり、直接ビデオを観るしか……ないか)

パッケージを開けようとしたところで、康介は手を止めた。

本当に、この函《はこ》を開けてしまっていいものか。

もし出演女優が茉莉奈だとしたら、知らん顔をすることはできない。

調査結果を報告すれば、律子は猛反対するだろうし、婚約破棄は火を見るより明らかなのだ。

(迷っていたって、仕方がない。真実から目を背けたところで、何の問題の解決にもならないじゃないか)

意を決し、パッケージを開けて、中から取りだしたディスクをパソコンにセットする。

ヘッドホンを装着したあと、自動的にスクリーンが真っ黒になり、メーカーのロゴマークに続いて、きらびやかなオープニングが映しだされた。

すぐさまメニューシーンへと移動し、五番目のチャプターをクリックする。

どす黒い不安の奥にある、妖《あや》しい胸のざわつきは何なのだろう。

「あ……あ、あぁ」

女性の容姿が映しだされると、康介は身を乗りだし、小さな呻《うめ》き声をあげた。

ビキニ姿の女性は、椅子に腰掛け、愛くるしい笑顔を見せている。

髪はマロンブラウンに染め、裾《すそ》の毛先も内側にカールしていたが、ぱっちりとした目、アヒルのような唇は茉莉奈としか思えない。

どこから見ても、双子ではないかと思うほど瓜《うり》ふたつだった。

彼女はグロス入りのルージュを引いているようで、唇がピンク色の艶を放っており、悩ましい雰囲気を醸しだしている。

フェラチオのオムニバスということで、リップをより強調させているのだろう。

やがて、監督らしき男のインタビューが始まった。

『まずは、お名前を教えてください』

『梁川莉子《やながわりこ》です』

当然のことながら、本名であるはずがない。

(初対面のときは童顔という印象を受けた記憶があるけど、この女の子もかなり若く見えるな)

化粧はしていたが、もはや少女と言ってもいいだろう。

インタビューが続くなか、康介は徐々に口をぽかんと開け放っていった。

『ズバリ、初体験の年齢とその相手は？』

『十五歳のとき、憧《あこが》れていた先輩に捧げました』

『これまでの体験人数は？』

『うーん、両手じゃ足りないと思います』

『両手じゃ足りない!?　とすると、少なくても十一人以上とはしているわけですね？』

『ふふっ、ご想像にお任せします』

『すごいですね、二十歳でそれだけの男と体験している。まあ、かわいいから男が誘いたくなるのもわかる気はしますが……。さて、今日の撮影内容は、もちろんわかっていますよね？』

『フェラチオ……ですよね？』

『ただのフェラチオじゃありません。ぶっかけです、ぶっかけ！　フェラは好きですか？』

『はい、大好きです』

調査書にも、AV出演は大学二年、二十歳のときと書かれている。

今から四年前、佐久本商事に入社する二年前のことだ。

（初体験が十五歳？　体験人数が十一人以上って……。ほ、本当にあの子が）

康介が律子相手に童貞を喪失したのは、二十六歳のとき。以降は浮気もせず、女房ひと筋の人生を送ってきたのである。

あまりのショックから正常な思考が働かず、康介はただ惚《ほう》けた表情のまま、パソコン画面を見つめるばかりだった。

『じゃ、さっそく始めてもらいましょう』

合図のかけ声がヘッドホン越しに聞こえた直後、少女の両サイドからブリーフ姿の二人の男が現れる。すでに昂奮《こうふん》しているのか、股間の中心部は大きなテントを張っていた。

莉子と呼ばれた女優は苦笑しつつ、視線を左右に泳がす。

やがてブリーフが捲《まく》り下ろされ、モザイク越しのペニスがビンと弾《はじ》けでた。

『さあ、たっぷりと、しゃぶっちゃってください』

再び監督らしき男の声が流れ、少女が二本のペニスを両手で握りこむ。そして桃色の唇を微《かす》かに開き、向かって左側の怒張をゆっくりと咥《くわ》えこんでいった。

胸の奥がチクリと痛み、同時に股間の中心が疼《うず》いた。

どこから見ても、茉莉奈が男の不浄な部分をおしゃぶりしているようにしか思えない。

男根を舐《な》めしゃぶる姿を、康介は瞬きもせずに凝視した。

(あ、あ……す、すごい)

クポックポッという軽やかな音が、じゅるじゅるるるっと、はしたない吸茎音に変化していく。

少女の口の周りは瞬時にして唾液にまみれ、とろりとした透明な粘液が顎から床に向かって滴った。

『う、ふっ、ンぅぅっ』

鼻から抜ける甘い吐息が、耳にまとわりついて離れない。

彼女は二本のペニスを交互にしゃぶり、頬《ほお》を窄《すぼ》めては激しく吸いたて、赤い舌を肉幹に絡めるように蠢《うごめ》かした。

切なげにたわんだ眉《まゆ》、だらしなく伸びた鼻の下、濡れた唇。まさにフェラチオマシンとしか思えない、この淫蕩《いんとう》な女が茉莉奈なのか。

康介には、オーラルセックスの経験が一度もなかった。

若い頃に一度だけ、律子に懇願したことはあるのだが、不潔だという理由で即座に却下された。

年端もいかない少女は、口元に微笑をたたえ、さもおいしそうにペニスを舐《ねぶ》りまわしているのだ。

モザイクがあるだけに、妄想力がより駆りたてられるのかもしれない。

(こ、この子が賢治の、うちの嫁になるのか？　嘘《うそ》だ……嘘だ)

茉莉奈は先週づけで佐久本商事を退社し、賢治とともに三カ月半後に控えた結婚式の準備にいそしんでいた。

披露宴や二次会の参列者決め、式場側との打ち合わせ、新婚旅行先の手配など。二人ともこの世の春を満喫しているという印象だったが、招待状を出していない今なら、婚約解消は決して遅くはない。

(来週中には送ると言っていたし、悩んでいる暇なんてないぞ)

頭の中ではそう思いながらも、康介は画面から漂う淫靡《いんび》な雰囲気にすっかり呑《の》まれていた。

淫《みだ》らな口淫奉仕が、徐々に熱を帯びていく。

少女は顔をS字にくねらせながら、猛烈な勢いで首を前後に打ち振った。

じゅぽっじゅぽっ、ぢゅゅゅゅっ、ビヴヴヴヴッと、濁音混じりのけたたましい音が鼓膜をこれでもかと震わせる。

男優の太腿《ふともも》が痙攣《けいれん》し、臀部《でんぶ》の筋肉が強《こわ》ばった。

『あ……あ……も、もうイキそう』

少女が口からペニスを抜き取り、細い指で男根をしごきあげる。

彼女は虚《うつ》ろな視線を肉棒の先端に送り、すっかり捲れあがった桃色の唇をゆっくりと開けていった。

『あ、くっ……イクっ』

『きゃっ』

濃厚な白濁液がびゅるんと跳ねあがり、ツルツルの白い頬を掠《かす》め飛ぶ。

二発目、三発目は、はかったかのように口中へとほとばしった。

若い男優の射精は迫力があり、量も呆気《あっけ》に取られるほど多い。

驚いたことに、放出が終焉《しゅうえん》を迎えると、少女は再び男根を咥え、汚れを清めるように先端を舐めまわした。

『おお、自分からお掃除フェラをするんだ。莉子ちゃん、ちょっとお口の中を見せてくれる?』

監督の指示のあと、顔のアップシーンへと変わり、少女が口を大きく開け放つ。

たっぷりと溜《た》まったザーメンを見せつけた直後、康介は目をひんむいた。

彼女は突然口を閉じ、白い喉を緩やかに波打たせたのである。

『え?　飲んじゃったの!?』

『……うん』

『すごい、ホントに淫乱なんだね。じゃ、続けて抜いてもらいましょうか』

放出した男優が画面から消え、美少女が反対側のペニスに顔を向ける。そして予定調和とばかりに、またもや屹立《きつりつ》を喉深くに呑みこんでいった。

卑猥《ひわい》な奉仕が延々と繰り返され、バラのつぼみのような唇が男根を激しくしごきたてる。

双眸《そうぼう》を閉じ、頬をぺこんとへこませる表情は凄艶《せいえん》そのものだ。

口唇の端から溢《あふ》れだした涎《よだれ》は、今や顎からつららのように垂れ下がっていた。

少女は抽送を続けながら、手で陰嚢《いんのう》を優しく揉《も》みこんでいる。

言葉どおり、彼女はよほどフェラチオが好きなのだろう。

康介はピクリとも動かず、まるで魂を抜き取られたような顔をしていた。

もちろん、大きなショックはある。

ビデオの中の少女が、茉莉奈と同一人物である可能性は限りなく高いのだ。

だが二年近くのあいだ、清楚《せいそ》で可憐な姿を目の当たりにしてきただけに、どうしても認めたくないという心情が働いてしまう。

(ち、違う……他人の空似、まったくの別人だ。あの子が、こんないやらしいビデオに出るわけがない)

ついに現実逃避した康介は、一転して牡《おす》の淫情を燃えあがらせていった。

(口の奉仕もすごいけど、水着もすごい。というか、これって水着の役目を果たしているのか？）

少女が着用していた水着は、布地面積が異様に少ないマイクロビキニだった。黄色い三角布地は乳首を隠しているだけで、乳房の輪郭や形状がはっきりとわかる。

局部を覆う股布もやたら小さく、紐《ひも》のようなサイドが腰にぴっちりと食いこむ様がエロさに拍車をかけていた。

微かに開かれた足のあいだに、自然と熱い眼差《まなざ》しを注いでしまう。

（あそこが、ぷっくりと膨れてる。椅子から立ちあがったら、脇からはみ出しちゃうんじゃないか？）

肉づきのいい内腿が、男の欲情をあおりたてる。

さらに身を乗りだした瞬間、二人目の男が腰をしゃくり、射精へのカウントダウンが始まった。

『あ……うンっ』

口から抜き取られたペニスから、これまた濃厚な精液が放出され、唇の横に白濁の筋を何本も打ちつける。そして少女は恍惚《こうこつ》の表情を見せたまま、お掃除フェラという淫猥な行為で男根を丁寧に舐りあげた。

二人の男優の精を搾り取るやいなや、次の男優たちが背後や真横から忍び寄る。

左右からペニスが突きだされ、艶々の頬や唇になすりつけられると、少女は満足そうに微笑み、四本の肉槍を順番におしゃぶりしていった。

じゅぷっ、じゅぱっ！　グポッ、ジュポッ！　じゅぷん、ずぢゅーっ！　ヴポッ、ヴポォォォォォッ!!

吸茎音は破裂音に近くなり、少女は髪を振り乱して男根を舐めまわした。

『ああ……イキます』

『イッ……イクっ』

口から抜き取った肉根を、男優たちは自らしごき、大量の精液が次々と放たれる。

『あ……ンっ』

少女の愛くるしい顔は、みるみる白濁に染まっていった。

心臓が早鐘を打ち、海綿体が熱い血潮に満たされていく。

下腹部が悶々《もんもん》とし、ペニスが痛いほどに反り返る。

康介は唇を嚙みしめ、自身の股間を恨めしそうに見下ろした。

（五十六歳の大の男がオナニーなんて、恥ずかしくてできるものか）

そう思いつつも、少女がみたび、お掃除フェラを繰りだした瞬間、ペニスが激しい脈動を打つ。

康介は無意識のうちにジャージのズボンを下ろし、目を血走らせながら、滾《たぎ》る牡の肉に右手を伸ばしていた。

第一章　息子の嫁の汚れた下着

1

四カ月後の六月下旬、茉莉奈と賢治が新婚旅行から帰国し、今夜からひとつ屋根の下で暮らすことになった。

結局、康介は興信所の報告結果を改ざんし、茉莉奈の秘密を自分だけの心の中に秘めたのである。

パソコンで作った偽の調査書を律子に見せたときは、バレるのではないかと、どれだけヒヤヒヤしたことだろう。

彼女は一瞬眉を顰《ひそ》めたものの、反対するような言葉はひとつもなかった。

康介自身、ぎりぎりまで迷ったのだが、過去はあくまで過去。今は素晴らしい女性なのだからと、自分に言い聞かせた。

（本当は……そんな寛大な理由からじゃないんだが）

冷静に考えれば、アダルトビデオの女性に恋しているのは間違いなかった。画面の中の女優は茉莉奈と瓜ふたつであり、言い換えれば、息子の嫁に思いを寄せていることになる。

二人が同一人物であるという可能性を、康介は最後まで捨てきれなかった。複数の男たちと淫らな行為を繰り広げる女が、自分の身近にいるのかもしれないのである。

茉莉奈が秘書をしているときは、娘と同じような気持ちで接していたのだが、アダルトビデオを鑑賞した直後から、完全に一人の女性として意識していた。結婚式の際は初々しくも美しい花嫁姿を、そして新婚旅行から帰ってきたつい先ほどは、愛くるしい笑顔を存分に見せてくれた。

目を細めながらも、胸が騒いだのは、心の奥で何かを期待しているからだろうか。

もし彼女が元セクシー女優なら、二人だけの秘密を共有していることになる。

それが、なぜかうれしかった。

(今夜は、昂奮して眠れんかもな。あぁ……また観たくなってきた)

康介のビデオ鑑賞は、連日のように繰り返された。

五十過ぎの色狂いは直らない。

知人から聞いた話を思い返せば、今の自分がそうなのかもしれない。

椅子から立ちあがり、アダルトビデオを保管してある金庫に近づいたとたん、書斎の扉がノックされた。

「は……はい」

「……茉莉奈です、よろしいでしょうか？」

「あ、ど、どうぞっ」

声の主は、間違いなく茉莉奈だ。

慌てて椅子に座りなおすと、扉が開き、可憐な新妻が姿を現した。

薄桃色のジャケットとワンピースは、人妻というより、育ちのいい女子大生にしか見えない。

油断をすれば、鼻の下がだらしなく伸びてしまいそうだ。

康介は気を引き締め、無理にでも義理の父親としての威厳を保った。

「どうした？　まだ着替えてなかったのかね？」

「社長……いえ、お義父《とう》様。改めて、ちゃんとご挨拶《あいさつ》をしておきたいと思いまして。これからも、よろしくお願いいたします」

礼儀正しく、深々と頭を下げる姿を見ていると、元セクシー女優とはとても思えない。

「い、いやいや、昨日今日会ったばかりの仲じゃないんだし、そんなにしゃちほこばらないで。こちらこそ、よろしく頼むよ」

照れ笑いを返せば、茉莉奈は愛嬌《あいきょう》たっぷりの微笑をたたえる。

愛想のない律子とは月とすっぽん。康介にとって、息子の嫁は天使以上の存在と言ってもよかった。

「お義父様って……絵がお好きなんですね」

新妻の視線が、壁に掛けてあった複製画に向けられる。

「ああ、私は絵は描かんのだが、鑑賞するのが好きでね。あれ、言ってなかったかな？」

「ええ、初耳です。玄関口や廊下の壁にも、高そうな絵が飾ってありますよね」

「あはは、コレクターとまではいかないけど、売れば、それなりの金にはなると思うよ。この絵は複製品だから、たいした価値はないけど」

「そうなんですか。でも、いい絵ですね」

「クーゲン作の『エヴァ・プリマ・パンドラ』だよ」

「パンドラって……あのパンドラの箱の？」

「え？　あ、そうそう。詳しい話は知ってるかな？」

「……いえ」

お気に入りの絵の話題を振られ、康介は意気揚々と語りはじめた。

「最初は、プロメテウスが天界から盗んだ火を人間に与えたことがきっかけなんだ。それを、ゼウスがすごく怒ってね。人類に災いをもたらすために『女性』を造るよう、神々に命じたんだよ」

「その女性が、パンドラ？」

「そう。そして神々たちは、パンドラに様々な贈り物を与えたんだ。ヘルメスは恥知らずな狡猾《こうかつ》な心を、アフロディーテは男を苦悩させる魅力を……」

そこまで言いかけて、康介はハッとした。

四カ月前の出来事が脳裏に甦《よみがえ》る。

ビデオのパッケージは、まさしくパンドラの箱ではなかったのか。

自分は、開けてはいけない蓋《ふた》を開けてしまったのではないか。

口角泡を飛ばして説明していた康介は、意識的にテンションを下げた。

「いや……つまらない話をしちゃったね。結局、好奇心に負けたパンドラが贈り物の箱を開けて、様々な災いが地上に飛びだしたということなんだけど、箱の隅には希望が残されていたというオチなんだ。どうしても悪い意味に取られがちだけど、パンドラは希望の女神でもあるんだよ」

「そうだったんですか。お義父様って、物知りなんですね」

「ははっ。疲れてるのに、長々と話につき合わせちゃって、申し訳なかったね。さ、もうお休みなさい」

「お休みなさい」

茉莉奈は最後に満面の笑みを浮かべ、書斎をあとにする。

ホッと小さな溜め息をつきながらも、康介の下半身は悶々とするばかりだった。

部屋には甘い残り香が漂い、鼻腔《びこう》をくすぐるたびに、熱い血流が股間に集中していく。

果たして、自分の行為は、佐久本家に災いをもたらすことになるのだろうか。

いや、希望の光はきっと残されているに違いない。

パンドラと同様、茉莉奈は希望の女神そのものなのだ。

そう考えた康介は、目を充血させながら金庫に再び歩み寄った。

2

茉莉奈との同居が始まってひと月。

彼女は賢治ばかりでなく、康介や律子に対しても細かい配慮や思いやりを忘れなかった。

毎週土曜日には、康介夫婦の住居で手の込んだ料理をご馳走《ちそう》してくれる。

まさに、良き嫁という言葉がぴったりの甲斐甲斐しさを見せていたのである。

明るくて穏やかな性格は、秘書時代とまったく変わらない。

ふだんから、喜怒哀楽の感情表現を面に出さない律子とはえらい違いだ。

気難しい鉄仮面の妻に、屈託のない笑顔で話しかけ、ランチや芝居見物にまでつき合ってくれるのだから、康介にとっては本当にありがたかった。

(旅行やエステ、ショッピングと、のんきにセレブ生活を満喫しているくせに、ちょっとでも気に入らないことがあると、すぐに俺に文句を言ってたからな)

最近では、ストレスのはけ口にされるケースも少なくなった。

茉莉奈の言動や行動を目にしていると、ＡＶ女優とはまったくの別人なのではないかと思えてくる。

「それが、今一番の問題なんだけど……」

康介は独り言を呟《つぶや》きつつ、金庫から茶封筒を取りだした。

この五カ月のあいだ、三本のアダルトビデオをどれだけ繰り返して観たことだろう。さりげないシーンやセリフのひとつひとつが、今ではすべて頭の中に入っているほどだ。

「今日は、これでいくか」

康介は三本の中から、『正統派美少女　イキっぱなし十連発』というタイトルのパッケージを選んだ。

ぶっかけAVと同様、こちらも十人の女優を集めたオムニバス形式の作品だ。

律子は学生時代の友人と旅行に出かけており、帰宅は明日の土曜、夕方過ぎになる。

(今夜は、快楽をとことん追求できるな)

そう考えただけで、股間の肉槍がいなないた。

さっそくディスクをパソコンにセットし、ハーフパンツの紐をほどいて準備を整える。

まさか五十六歳にもなって、自慰行為に熱中するとは思ってもいなかった。

三本のアダルトビデオには、それほどの魅力があるということだ。

(特にこのビデオには、重大な秘密が隠されているんだよな。一本目のビデオは、ずっと椅子に座っていたからわからなかったけど)

康介は三番目のチャプターをクリックし、身をグッと乗りだした。

茉莉奈らしき美少女が、チェリーピンクの下着姿で白いソファに座っている。

布地面積の少ないブラジャーとショーツには、端に黒いライン模様が入っており、やや大人びた印象を与えるランジェリーだ。

ぶっかけビデオと同じく、画面の端から現れた四人の男が、少女の身体をじっくりとまさぐっていった。

二人の男優は耳元や首筋を舌でチロチロと掃き嬲《なぶ》り、もう二人の男優はしなやかな足の爪先《つまさき》を一本一本丁寧に舐めしゃぶった。

『あ……ン、やっ、耳、耳はだめっ……感じるのぉ』

子犬のような甘え泣きが、ヘッドホンを通して聞こえてくる。

このパッケージの裏面には、梁川莉子という女優名の他、スリーサイズも記載されていた。

身長一六〇センチ、バスト八五センチ、ウエスト五二センチ、ヒップ八六センチ。ウエストが驚くほど細く、確かに美少女女優の腹回りには贅肉《ぜいにく》がいっさいついていない。

やたらなめらかで、はち切れそうな薄い皮膚に、康介は昂奮しながら茉莉奈の肢体を思い浮かべた。

もちろん、彼女の水着姿や下着姿を目にしたことは一度もなく、ウエストのサイズなど知るよしもない。だが服の上からでも、蜂《はち》のように括《くび》れていることはよくわかる。

(鑑賞すればするほど、やっぱり茉莉奈くんとしか思えないんだよな)

男たちの愛撫は、執拗《しつよう》なほど延々と続いた。

とてもイケメンとは思えない連中が、耳たぶを甘噛みし、艶々とした頰を舌先でなぞりあげる。

足首から脛《すね》、まっさらな膝《ひざ》にぷちゅぷちゅと分厚い唇を押しあてる。

『ふぅぅぅンっ……いや、ぁぁああっ』

よほど気持ちがいいのか、少女は幾度となく肩をピクンと震わせ、甘い声音を響かせていった。

（ああっ、くそっ！　このシーンは、ホントにむかつくっ）

メガネをかけた男が、ふっくらとした上唇に舌を這《は》わせる。

少女は口を微かに開け、切なげな表情でイチゴ色の舌を突きだした。

舌先が絡まり、いわゆるベロチューと呼ばれるディープキスが展開される。

反対側の男ともチュバチュバと唾液を送りあい、はたまた啜《すす》りあい、少女はみるみる目元をねっとりと紅潮させていった。

牡と牝《めす》の熱気とフェロモンが、画面を通して伝わってくるようだ。

下腹部を責めたてていた男たちは、太腿からいよいよ内腿沿いに舌をすべらせていた。

両足を広げさせ、生白い過敏そうな鼠蹊《そけい》部《ぶ》の肌が剝《む》きだしになる。

細いクロッチの脇からはみ出した、こんもりとした大陰唇の膨らみがやたら悩ましかった。

二人の男優は、股《また》の付け根に浮きあがった筋にソフトなキスを繰り返す。

やがてペロペロと舐めはじめると、白い肌は微電流を流したかのように引き攣《つ》った。

『はっ、やっ、やっ、はぁぁぁっ』

穢《けが》れを知らない処女のように、美少女は恥ずかしげに身をよじらせる。

倒錯的な思いが牡の情欲を募らせ、康介は早くもハーフパンツとブリーフを膝下まで引き下ろした。

ジャックナイフのように飛びだしたペニスは、亀頭がパンパンに張りつめ、肉胴には無数の青筋が膨れあがっている。

もちろん康介の視線が、パソコン画面から片時も離れることはなかった。

男優の一人が、いつの間にかピンクローターを手にしている。

反対側の男優はショーツの上縁に手を添え、上方にクンクンと引っ張りあげた。

逆三角形の股布が、縦筋にこれでもかと食いこむ。

『ンっ、ンっ、ンふぅぅぅっ！』

キスをしていた男優たちは、乳房を揉みしだきながら桜色の乳頭をねちっこく舐り、少女は甘い響きを含んだ吐息を盛んに放った。

(ああ、なんてかわいい声を出すんだ。セックスをするときは、いつもこうなのか？　あの小さなパンティも、いやらしすぎる)

クロッチの中心部には、明らかに肉突起が飛びだし、小さなシミが滲《にじ》みでている。

瑞々しい肉体には、快楽の嵐が吹き荒れているのだろう。

ローターが突起にあてがわれると、少女は上体を仰《の》け反らせ、一オクターブも高い嬌声を張りあげた。

『いぃひぃぃぃぃンっ!』

卵形のグッズが振動するたびに、淫らなシミはどんどん広がり、布地はますます恥裂に食いこんでいく。

康介は、あのパンティになりたいと思った。

子供じみた妄想だとはわかっていても、乙女の恥部を包みこみ、匂いや体温を心ゆくまで堪能できる下着が羨《うらや》ましかった。

ペニスはギンギンに反り勃《た》ち、鈴口には早くも先走りの液が透明な珠《たま》を結んでいる。

裏茎を手のひらで軽く撫《な》であげただけで、背筋を甘美な性電流が駆け抜けた。

『はンっ、やンっ、ぁぁはぁぁああっ』

少女の喘《あえ》ぎは早く遅くに音色を変え、徐々に艶っぽさを帯びていく。

やがて、男の一人がショーツの上縁に手をかけた。

チェリーピンクの布地が、ヒップのほうから剝き下ろされ、左足がくの字に折り曲げられる。

男はショーツを片足だけ抜き取り、両足を左右に目いっぱい広げていった。

『はっ……や、やぁぁぁぁあっ』

モザイク越しにピンクの女陰が晒《さら》され、大量の愛液が溢れているのか、キラキラと輝いているように見える。

若い娘の秘園は、いったいどのような形や色艶をしているのだろう。

律子は二十代のときから、決して女性器を見せてくれようとはしなかった。見たい、触りたい、匂いを嗅《か》ぎたいという男の本能が、深奥部から逆巻くように突きあげる。

男優は、ローターをクリトリスに押しあてているようだ。

生白い鼠蹊部の震えが全身に移行していき、美少女は双眸を閉じながら、ビクンビクンと上半身をひくつかせた。

『ふっ、ふっ、イクっ、イッちゃう、イクぅぅぅぅンっ！』

うっとりとした表情、上唇を舌先でなぞりあげる仕草。なんと悩ましい姿なのだろう。

乳房を責めていた男たちが、ブリーフを引き下ろし、窮屈そうな強ばりを両脇から突きだしていく。

他の二人は、少女の足を折り曲げるようにしてM字に開かせ、ふっくらとしたヒップがググッと迫りあがった。

（ここだ……このシーンだ）

康介は目を凝らし、画面の一点を注視した。

右臀部の太腿に近いほうに、桜の花びらのような小さな痣《あざ》がある。

変わった形をしているだけに、茉莉奈にも同じ箇所に痣があれば、まずビデオの女優と同一人物だと判断してもいいだろう。

だが今の康介に、それを確認する手立てはなかった。

当人や賢治に問えば、間違いなく不審に思われてしまう。

（あの位置だと、普通の水着や下着じゃ隠れちゃうだろうな。あぁ……どうにかして、確認する方法はないものか？）

思わず嘆息するなか、二人の男は口と指で少女の恥芯《ちしん》に刺激を与えていった。

ナメクジのような舌が恥裂を這い、指先がクリトリスを刷毛《はけ》で払うように弾く。

やがて一人が膣の中に人差し指と薬指を挿入すると、にゅぷちゅちゅという淫らな肉擦れ音が響き渡った。

『やっ、やっ、だめっ……ンはぁぁぁぁっ』

再び性感が燃えあがったのか、しなやかな肢体が蛇のようにくねりはじめる。

少女は自ら男根に食らいつき、鼻から甘い吐息をこぼしながら、首を前後に打ち振った。

いくら仕事とはいえ、四人の男を相手にする女性がこの世に存在するとは、どうしても信じられない。

しかも女優は、まだあどけなさを残した二十歳の女の子なのだ。

膣内を抜き差しする指が徐々に速度を増していき、汗でぬらついた肌がなまめかしい光沢を放つ。

『あ、ひぃぃぃンっ、イクぅぅぅっ、またイッちゃうぅぅぅっ！』

唾液まみれのペニスを口から抜き取り、少女が白い喉を晒して、切なげな嗚咽《おえつ》を洩《も》らす。

ヒップがエンストした車のようにわななないたとたん、画面に透明なしぶきがビュッビュッとほとばしった。

『やっ、やぁぁぁぁぁああっ！』

眉をハの字に下げ、身悶《みもだ》える姿もたまらなく愛らしい。

女性が潮を吹くという行為を、康介はこのビデオで初めて知った。

女体の神秘に驚愕《きょうがく》しながらも、小水のように放たれる淫水から目が離せない。

少女は快楽の余韻に陶酔しているのか、いまだ四肢を痙攣させていたが、真横にいる男がかまわず口の中に男根をねじりこむ。

『あ、ふン、ンぅぅっ、ンふぅぅぅぅっ』

幼さを残した美少女は、もはや肉悦の世界にどっぷりと浸っているようだ。

積極的に顔を打ち振り、怒張を縦横無尽に舐り倒す。

『う、ぐ、ぐぅぅぅぅっ』

男優の口から呻き声が放たれ、口から抜き取ったペニスの先端から白濁がびゅっびゅっと放たれた。

『あ、ンぷっ、は、ふぅぅっ』

濃厚な一番搾りを喉奥に受けた少女は、一瞬噎《む》せたものの、続けざまに逆サイドにいる男の逸物がまたもや口中に埋めこまれる。

凄《すさ》まじい快楽絵図の連続に、康介は息を呑むばかりだった。

股間に大量の血液が集中し、あまりの昂奮で頭が朦朧《もうろう》としだす。

太腿の中途にとどまったショーツがゆらゆらと揺れ、やけに目に映えた。

(あぁ、あの小さなパンティ……たまらん)

次の瞬間、康介はあるアイデアを閃《ひらめ》かせた。

今夜は律子が不在で、自宅にいるのは自分の他に茉莉奈と賢治だけなのだ。

二世帯住宅は玄関口がひとつで、康介夫婦と息子夫婦の住居は廊下を挟み、ふたつのドアから行き来ができるようになっている。

廊下の突き当たりにある浴室だけは、両夫婦で共有しており、脱衣場の隅には洗濯機が設置されていた。

(もしかすると、茉莉奈くんの使用済みのパンティが……)

なんと背徳的で、甘美な誘惑なのだろう。

ビデオの中の少女が身に着けていた分身を、手中に収めることができるかもしれないのだ。

時刻は、午後十一時四十五分。

茉莉奈も賢治も、入浴はもう済ませているに違いない。

(できるのか？　本当に、私にそんなマネができるのか？)

とたんに恐怖心が襲いかかり、緊張で身体が震えだす。

だが、茉莉奈が直穿《じかば》きしたショーツの魅力は大きかった。

画面の中の少女の淫らな姿が、中年男の性欲をさらにあおりたて、背中を後押しする。

康介は唾を飲みこみ、やや青白い顔つきで、回転椅子からゆっくりと立ちあがった。

3

康介はいったん寝室に戻り、バスタオルと着替えを手に浴室へと向かった。

朴念仁の自分が入浴を装い、息子の嫁の下着を盗み見しようとしている。

羞恥心《しゅうちしん》を覚えないではなかったが、タガの外れた男の欲望は、もはや行き着くところまで行くしかなかった。

浴室の引き戸を開ければ、脱衣場にはムワッとした熱気と湿気がこもっている。

どうやら、息子夫婦は入浴を済ませたようだ。

康介はタオルと着替えを脱衣籠の中に入れ、ギラつく視線を洗濯機に向けた。

(服は、脱いでおいたほうがいいかもしれん)

茉莉奈や賢治が、どんな理由で再び浴室にやってくるかわからない。

人の気配を感じたときは、下着を洗濯機に戻し、すぐさま浴室に飛びこめば、不埒《ふらち》な行為がバレることはないだろう。

康介は心臓をドキドキさせながら、Tシャツとハーフパンツ、ブリーフを脱ぎ捨てた。

身体の内に漲《みなぎ》る、淫欲のエネルギーはどうしたことか。

それは風船のように膨らみ、今にも体外へとほとばしるようだった。

喉をゴクリと鳴らし、洗濯機に近づいていく。

すでにペニスはビンビンに反り勃ち、下腹にべったりと張りついている状態だ。

果たして、目的のお宝は手に入るのか。

茉莉奈が嫁に来てから、洗濯は彼女がほぼ一人で担っている。

ましてや律子が不在なら、汚れ物を自分の部屋に持っていくとは考えにくい。

息を大きく吸いこみ、意を決して洗濯機の上蓋を開ける。

中を覗《のぞ》きこむと、饐《す》えた汗の臭《にお》いがふわりと立ちのぼった。

入浴は茉莉奈が先に済ませたようで、上には賢治の汚れ物が置かれている。

「あいつのはいらんのだ！」

顔をしかめた康介は、怒気混じりに言い放ち、すかさずシャツやトランクスを脇へとのけた。

「あ、あぁ」

茉莉奈が着ていた白いワンピースが目を射抜く。

（き、きっと……この下に）

目が血走り、鼻息が荒くなった。

心臓の鼓動が跳ねあがり、緊張と期待で胸が震えた。

右手を洗濯機の奥に伸ばし、ワンピースの下を手探る。

（紐のようなものはブラジャーか？　こ、こっちは……）

指先がひと際柔らかい感触をとらえた瞬間、康介は万感の思いを込めて布地を引っ張りだした。

（ああっ、ま、茉莉奈くんのパンティだっ!!）

股間の逸物が、ドクンと大きな脈を打つ。

茉莉奈は、よほどピンクが好きなようだ。

上部にレースの刺繍《ししゅう》をあしらったミルキーピンクのショーツは、布地面積が小さく、サイドの丈もかなり短い。

男の欲望を具現化した淫らな布は、牡の性欲をこれでもかとあおりたてた。

（こ、こんな小さなパンティを……穿いているのか）

手のひらの中にすっぽりと収まりそうなショーツは、茉莉奈の体温をいまだに残し、燦々《さんさん》とした輝きを放っている。

夏だけに汗はたっぷりと掻《か》いているはずで、湿気までもがはっきりと伝わった。

緊張に震える一方で心がウキウキと弾み、自然に頬の筋肉が緩んでしまう。

そっと鼻を近づければ、香水のような甘い香りが鼻腔をくすぐった。

（な、何でだ？　一日中穿きつづけていたはずなのに、どうしてこんなにいい匂いがするんだ？）

清らかな美女は、いっさいの汚れとは無縁なのか。

いや、そんなことはあるはずがない。

女のたしなみとして、コロンでも振りかけているのかもしれない。

使用済みの下着から放たれる香気に、ペニスがビクンと頭を振った。

全神経が、恥部を直接当てていたショーツの裏地に注がれる。

康介は戦利品を目の高さに掲げたあと、逸《はや》る気持ちを抑えつつ、両手でウエストの縁をゆっくりと広げていった。

（あ……あ、あぁ）

全身の血が逆流し、顔がカッカッと火照《ほて》る。

腰に熱感が走り、動悸《どうき》が上昇の一途をたどる。

クロッチにくっきりと刻まれたハート形のマークを、康介は爛々《らんらん》と燃え盛る瞳で見つめた。

ややグレーに変色した中心部には、レモンイエローの縦筋がうっすらと走り、粘液が乾いたような跡がこびりついている。そしてその周辺には、ところどころに粉状の白いカビのようなものが付着していた。

（す、すごい。パンティって……こんなに汚れるものなのか）

生まれて初めて目にした生下着は、康介に凄まじい衝撃を与えた。

ふだんが清楚で可憐なだけに、より大きなギャップが異様な昂奮を喚起させる。

まさに至高の逸品、生々しい汚れが妙な親近感を抱かせ、使用済みのショーツが愛《いと》おしくさえ思えた。

（き、黄色いのは、間違いなくおしっこだよな。カビのような白いものは、分泌液が乾いたものか？）

康介は研究者のような目つきでクロッチを凝視したあと、両手の中指で外側から船底をそっと押しあげた。

(し……湿ってる⁉)

確かに、生温かい湿り気を指腹に感じる。

茉莉奈の恥肉にじかに触れているような錯覚に陥った康介は、嬉々《きき》とした表情で基底部を剝きだしにさせた。

ペニスは早くも脈動を繰り返し、鈴割れからは先走りの液がじわりと滲みだしている。

康介は息をゆっくりと吐き、顔を汚れた箇所に近づけていった。

「は……ふぅ」

柑橘系の匂いがツンと鼻をつき、無意識のうちに呻き声が出てしまう。

鼻から思いきり吸いこむと、クロッチに沁《し》みついたフレグランスが、脳幹まで光の速さで突っ走った。

オレンジの皮を干したような甘酸っぱさに混じり、尿臭と汗や皮脂のほのかな匂いが鼻腔粘膜にへばりつく。そこに野性的なけもの臭がブレンドされ、複雑かつ淫蕩な芳香となって脳髄を蕩《とろ》かせていった。

(ま、茉莉奈くんの……おマ×コの匂い。はあ、すごい！　すごい匂いだ‼)

鼻面を船底に押しあて、茉莉奈の熟成された体臭を心ゆくまで堪能する。

今、康介の頭の中で、茉莉奈と梁川莉子の姿がピタリと重なり合った。灼熱《しゃくねつ》の棍棒と化したペニスは、パンパンに張りつめ、宝冠部は栗の実のように膨らんでいる。

軽く上下にしごけば、すぐさま放出を迎えてしまいそうだ。

（まだだ、まだだ。こんなものでイッたら、もったいなさすぎる。お楽しみはこれからなんだから）

康介は目尻を吊《つ》りあげ、さらなる背徳的な欲望を実行に移した。

口のあいだから突きだした舌を、淫らな刻印にそっと這わせていく。

舌先にピリリとした酸味と苦味が広がった瞬間、中年男は心の中で歓喜の雄叫《おたけ》びをあげた。

（はあぁぁぁ、茉莉奈くんのおマ×コを舐めてるみたいだ！）

唾液を少量ずつ送りこみ、乾きはじめた恥液を溶かしていくと、布地にへばりついた秘めやかな微香がより濃厚になる。

すっかり恍惚の世界に陥った康介は、まどろんでいるかのような顔つきで茉莉奈の下着を貪った。

美麗な新妻の恥臭が、理性を蝕《むしば》んでいく。

頭の中に白い靄《もや》が立ちこめ、意識が朦朧としてくる。

腹の奥で性欲の嵐が吹き荒れ、白濁のマグマが出口に向かってなだれ込んだ。

「だ……だめだ。これ以上は我慢できない」

自慰行為で、牡の欲望を排出したい。

本能の命ずるまま、股間に手を伸ばした康介は、さらなる悪巧みを考えついた。

(このパンティ……男でも穿けるのか?)

血湧《わ》き肉躍り、瞳が少年のようにきらめきはじめる。

茉莉奈のショーツを身に着ければ、彼女の温もりを股間で体感できる。

まさしく一心同体、なんと素晴らしいアイデアなのか。

ショーツは小さいながらも、伸縮性に富んでおり、試してみる価値は十分ある。

目を剝いた康介は、ウエストを広げ、片足ずつ慎重に通していった。

(大丈夫だ、ちょっときついけど、問題なく入るぞ)

布地をゆっくりと引きあげるごとに、女陰を押しあてていたクロッチが股の付け根に近づいてくる。

「あ、あぁ……もう少しだ」

康介は、早くも肩で喘いでいた。

異様な昂奮が下腹部で渦巻き、牡の欲望が射出口をノックする。

乾坤一擲《けんこんいってき》、ショーツを一気に引っ張りあげると、股布が陰嚢とペニスを包みこみ、会陰と肛穴がじんじんと疼いた。

(あ、あ、あ……な、何だ、これは)

康介は虚ろな表情で、下腹部を見下ろした。

ショーツは腰と股にぴっちりと食いこみ、前面部はもっこりとした膨らみを見せている。

窮屈さは半端ではないのに、布地のなめらかな感触が快美をじわじわと吹きこんでくるのだ。

男の下着とは、穿き心地がまったく違う。

(柔らかくてしっとりしていて、き、気持ちいい……)

康介は無意識のうちに股間に手を伸ばし、上からペニスを撫でまわした。

まろやかな肌触りとともに、布地にへばりついた茉莉奈の分泌、体温、湿り気、恥臭が勃起を優しく包みこむ。

まさに、彼女の秘部をペニスに押しつけられているようだった。

「だ、だめだよ。茉莉奈くん、そんなことしたら……」

妄想の中で、全裸の茉莉奈が女肉を裏茎にすりつけてくる。

彼女は拒絶の言葉を無視し、さらに腰をぐいぐいとしゃくった。

「あ、あ……くぅ」

会陰がひくつきだし、欲望の塊が深奥部で怒濤《どとう》のように荒れ狂う。

決して激しい刺激は与えていないのだが、射精欲求は少しも待ってくれない。

（あ、あ、あ……も、もう！）

信じられないことに、康介は恍惚とした顔つきで、茉莉奈のショーツの中に大量の樹液を放出していた。

4

翌日の土曜、康介は不安な一日を過ごした。

精液で汚れたショーツは水道水で洗い落とし、洗濯機の中に戻しておいたのだが、茉莉奈に気づかれたのではないか、生きた心地がしなかった。

美人妻は朝の早い時間から洗濯を済ませたようで、康介は自分の住居スペースから一歩も出られなかったのである。

ようやく安心感を得たのは、律子が夕方過ぎに旅行から帰ったあとだった。

どうやら息子夫婦が玄関口まで出迎えたようで、律子とともにリビングに姿を現し、旅行みやげをにこやかな顔で受け取る。

「お義父様、お義母《かあ》様からスカーフをいただきました！」

茉莉奈の笑顔を目にした瞬間、康介はホッと安堵《あんど》の胸を撫で下ろした。

（よかった、バレなかったみたいだ）

その後は店屋物をとり、四人で食卓を囲んだのだが、新妻の様子に取り立てて違和感はなかった。

（もう……あんなバカなマネはできないな）

そうは考えても、人間の欲望とは際限なきものである。

悪事が知られなかったことで、自制心が緩み、もっと強い刺激が欲しいという衝動に駆りたてられる。

その日の夜、康介はまたもや書斎に閉じこもり、パソコンの画面をじっと見つめていた。

律子は旅行疲れということで、いつもより早く床についている。

ビデオを繰り返し鑑賞するなかで、茉莉奈が梁川莉子であることは、九〇パーセント以上の確率で確信へと変わっていた。

今夜の鑑賞会は一番お気に入りの作品、『M男いじめ　美しき女王様たちの顔面騎乗』だ。

他の二作品は女性側が受け身だったのに対し、こちらは女優たちがサディスティックに男たちを責めたてる内容のビデオだった。

出演女優は三人。梁川莉子を長い時間、堪能できるAVである。

画面に美少女女王様の姿が映しだされると、康介は条件反射とばかりに、瞳をどんよりと曇らせた。

（あぁ、素敵だ……なんて美しいんだ）

思わず、賞賛の言葉が口をついて出てしまう。

薄暗い部屋に佇《たたず》む少女は、エナメル製の真っ赤なボディスーツを身に着けていた。同色のロンググローブ、ニーハイブーツがなまめかしい光沢を放ち、凜《りん》とした姿をより際立たせる。

美少女の顔がアップになると、康介は感嘆の溜め息をこぼした。

流麗な弧を描く細眉、シャープな目尻、唇の輪郭からややはみ出した深紅のルージュ。ふだんの小動物のような愛くるしい顔つきは見られない。どこから見ても、本物の女王様だ。

女という生き物は、化粧ひとつでこれだけ変われるものなのか。

康介はなるべく波風を立たせないよう、人の目を気にしながら人生を歩んできた。そういう人間ほど、深層心理に変身願望が潜んでいるのかもしれない。

蠱惑《こわく》的な女王様に変貌した美少女に、胸の奥が甘く疼く。

しばし羨望《せんぼう》の眼差しで見つめていた康介は、次の瞬間、狂おしいほどの嫉妬《しっと》を募らせた。

部屋の隅から、一人の男が四つん這いの姿で現れる。

歳は自分とさほど変わらない、いかにもみすぼらしい中年男だった。

ブリーフを穿いただけの恰好《かっこう》が、哀れみと滑稽《こっけい》さを誘うも、なぜか心臓が高鳴りはじめる。

股間に血液が集まり、ペニスが体積を増していく。

美少女女王様は口元に酷薄の笑みを浮かべ、突き刺すような視線を男に向けた。

すらりとしたおみ足が、中年男の背中にのせられる。

長い足ではあったが、太腿と脹《ふく》ら脛《はぎ》には適度な肉がつき、内股でうっすらと揺れる柔肌のムチムチ感がたまらない。

『仰向けになりな』

『は、はいっ！』

M男にとって、女王様の命令は絶対なのだろう。

嬉々とした表情で仰臥《ぎょうが》する中年男は、早くも股間の逸物を勃起させている。

美少女はブリーフの上から、ブーツのヒールで小高いテントを踏みにじった。

『あ、あぁぁっ！　じょ、女王様、気持ちいいですっ！』

『お前を気持ちよくさせるためにしてるんじゃないよ！　これは調教、お仕置きなんだから!!』

ドスのきいた声で罵声《ばせい》を浴びせる女王様に、全身の血が騒ぎはじめる。

康介はハーフパンツとブリーフを下ろし、ティッシュ片手に、早くも自慰行為の体勢に入った。

肉筒を握りこんだだけで、絶頂へとのぼりつめてしまいそうだ。

美少女女王様は威厳を決して崩さず、冷笑をたたえたまま、中年男を責めたてていった。

M男の顔は幸福感に満ち溢れ、奴隷としてのアイデンティティーを満足させているように見える。

（ああ、すごい、すごい）

康介は肉茎を軽くしごきながらも、素直に彼の立場に取って代わりたい、自分も茉莉奈に苛《さいな》まれたいと思った。

中年男に対して、再び嫉妬心が湧き起こる。

（茉莉奈くん、こんな冴《さ》えない男より、私のほうが数倍ましじゃないか。どうして、どうして……）

きつめのアイラインが、惚《ほ》れぼれとするようなカッコよさを引き立たせ、少女も女王様プレイを心の底から楽しんでいるようだった。

まるで水を得た魚のように、次から次へと様々なアプローチでM男を堕淫の世界に貶《おとし》めていく。

少女が見せる表情は、他の二本のビデオとは百八十度違う。

あくまで仕事と割り切り、監督の指示どおり、ただ女王様を演じているだけなのか。果たして、彼女の本当の顔はSなのかMなのか、好奇心が猛烈に駆りたてられた。

少女は男の頭を逆向きに跨《また》ぎ、股を大きく開きながら、ヒップをゆっくりと沈めていく。

服の上からではわからなかったが、尻肉は丸々と張りつめており、もぎたての桃のようになめらかだ。

ボディスーツの股布は、デリケートなゾーンにぴっちりと食いこんでおり、ふっくらとした恥丘の膨らみがたまらない。

「あああぁっ」

いかにも柔らかそうなヒップが男の顔面に押しつけられると、康介はとろんとした目つきで熱い溜め息を放った。

鼻と口が局部と臀部で塞がれ、M男が内股を女の子のようにすり合わせる。

今、彼は至福の瞬間を満喫しているのだろう。

『どう？　気持ちいい？』

『ぎ、ぎもぢ……いいです』

『お仕置きを受けてるのに、チ×チンこんなに勃起させて。今日はお前のスケベ汁、一滴残らず搾り取ってやるからね』

愛らしい唇のあわいから淫語が飛びだしたとたん、全身に凄まじい身震いが走った。

『搾り取って、搾り取ってぐださぁい』

今の康介は、画面の中のM男に自分の姿を重ね合わせていた。

五感が痺《しび》れ、頭の中が真っ白になる。

堪《こら》えきれない淫情が込みあげ、深奥部で悦楽の奔流が弾ける。

「あ、あぁ……茉莉奈くん……茉莉奈女王様ぁあっ」

陶酔のうねりに身を委《ゆだ》ねた康介は、パンパンに膨らんだ亀頭の先端から白濁の液を噴きこぼした。

第二章　弾力感に富む嫁の艶肌

1

翌日の日曜、午前六時半に起床した康介は、散歩に出ようと玄関口に出た。

早朝とはいえ、この日は夜半から気温が下がらず、やけに蒸し蒸ししている。

(今日は……やめとくか)

一昨日《おととい》は息子の嫁のショーツ、昨日は女王様ビデオで精を放出した。

この歳になって、さすがに二日続けての射精はきつい。

踵《きびす》を返そうとドアに歩み寄った刹那《せつな》、反対側のドアが開き、ランドリーバスケットを手にした茉莉奈が姿を現す。

「あ……お義父様」

「ま、茉莉奈くん」

新妻の恰好を見たとたん、康介は思わず息を呑んだ。

驚いたことに、茉莉奈はパジャマではなく、ディープピンクのタンクトップとホットパンツを身に着けていたのである。

胸の膨らみは布地をツンと浮かせ、くっきりとした谷間を露《あらわ》にしている。下腹部をぴっちりと覆い尽くしたパンツは、股ぐらに向かって悩ましい放射線状の皺《しわ》を作り、むちっとした太腿がプディングのように揺れていた。

「ご、ごめんなさい。こんな恰好で。昨夜は暑かったものだから、つい……」

「い、いや、いいんだよ。熱帯夜だったし、確かにパジャマじゃ暑いかもしれないね」

「は、恥ずかしい」

新妻の初々しい反応を見る限り、やはり梁川莉子とは別人ではないかと思えてしまう。

ランドリーバスケットに視線を振ると、茉莉奈は慌てて背後に隠した。

（パ、パンティが、入っていたような……!?）

頬をみるみる染める彼女に、康介は胸を騒がせた。

新婚夫婦にとって、土曜の夜は愛を確かめ、また深め合う日なのだろう。

康介自身も結婚した当初、週に三、四回は律子を求めたものだ。

おそらく茉莉奈は、下着を汚してしまったのではないか。

(だから、こんな朝早くから洗濯を……)

息子相手に、いったいどんな淫らな姿を見せたのか。

不埒な妄想が脳裏に浮かび、目の前の若妻に猛烈な淫情が込みあげる。

「お義父様は……お散歩ですか？」

「え？　あ、うん、そうだよ」

我に返った康介は、つい肯定の言葉を口走った。

うら若き女性としては、義父が早くこの場から立ち去ってほしいと考えているに違いない。

康介は予定を変更し、三和土《たたき》に下りながらサンダルをつっかけた。

「洗濯、いつもすまないね」

「いいえ、嫁の仕事ですから。それじゃ」

はにかんで頬を赤らめる表情が、食べてしまいたくなるほど愛くるしい。

茉莉奈はそそくさと浴室に向かい、康介は玄関のドアを開けながら、彼女の後ろ姿を注視した。

美しい円を描くヒップから、視線を外せない。

ホットパンツの布地が臀裂に食いこみ、丸々としたヒップの形状がはっきりとわかる。

いかにも柔らかそうな尻肉が左右に揺れるたび、康介の男はいやが上にも刺激されていった。

（あのヒップ、形も大きさも、やっぱり……似ている）

女王様ビデオの顔面騎乗シーンが、自然と脳内スクリーンに映しだされる。

同時に今一番の関心事である、茉莉奈の本性がSなのかMなのかという疑問が脳裏を占めていった。

（ああ、あのお尻に……押しつぶされてみたい）

牡の欲望とともに、どす黒い思いが夏空の雲のように膨らんでくる。

生唾を飲んだ康介は、射抜くような視線を延々とヒップに注いでいた。

2

古今東西、息子の嫁にこれほどよこしまな思いを抱いた父親が、果たして存在しただろうか。

後ろめたさはもちろんのこと、死にたくなるほどの羞恥や罪悪感もある。

だが今の康介は、何度も過ちを繰り返す性犯罪者とまったく同じだった。内からほとばしる情動を、自分ではどうしても止められない。

茉莉奈に対する父親のような心情は、今や完全に歪《ゆが》んだ愛情へと変化していた。

若い夫婦は、どのような営みをしているのか。そして愛くるしい新妻は、どんな淫らな姿を見せるのか。

賢治は自分に似たようで、優しい穏やかな性格をしている。

ひょっとして、女王様プレイに喜悦の声をあげているのかもしれない。

想像しただけで、夜も眠れないほどの狂おしさが込みあげた。

もはや、ビデオの鑑賞だけでは満足できない状況に陥っている。

ここまで来たら、茉莉奈と梁川莉子が同一人物だという百パーセントの確信が欲しかった。

日を追うごとに、鬱屈《うっくつ》した邪念に苛まれていく。

思いあまった康介は、ついに掟破《おきて》りの行動に打って出た。

女王様ビデオのパッケージをデジタルカメラで撮影し、プリントアウトした写真を、差出人を書かずに茉莉奈のもとへ送りつけたのである。

小心者の自分が、まさかこんな大胆なマネをしようとは……。

手紙を送付してから三日後の土曜日、茉莉奈と賢治は康介夫婦の住居で夕食を共にしていた。

写真はパッケージの表と裏の二枚、もちろん梁川莉子の顔写真もはっきりと写っている。

すでに、茉莉奈は手紙を受け取っているはずだ。

果たして、彼女に変化は見られるのか。

康介はワインを飲みながら、新妻の様子を注意深くうかがった。

（ずっとニコニコしてて、ふだんと別段変わらんな。まさか……やっぱり他人の空似だったというのか？）

アダルトビデオの出演に覚えがないのなら、たちの悪いイタズラだと判断し、気にもとめないだろう。

どちらにせよ、写真はもう破り捨てているに違いない。

九〇パーセントの確信が、今は七〇パーセントにまで下がっていた。

「そうだ、父さん」

「ん？」

大好物の唐揚げを口に運んでいた賢治が、思いだしたように顔を上げる。

「茉莉奈にはさっき伝えたんですが、来週末からのお盆休み、K高原の別荘へは半日遅れで行きます。たぶん到着するのは、夕方の四時過ぎになるかと」

「何か用事でもあるのか？」

「ええ、実は大学時代の友人から転職したいという相談を受けまして」

「おいおい、そんなの別の日にすればいいじゃないか」

「それが、その日しか空いてないと言うんです。田舎に帰る前に話しておきたいって……」

「車で来るのか？」

「いえ、友人とは東京駅の近くで会うので、そのまま電車で向かおうかと。そういうことなんで、茉莉奈のことはよろしくお願いします」

別荘へは自家用車で行く予定なので、何の問題もなかったが、康介は苦虫を嚙みつぶしたような顔をした。

片道だけとはいえ、義理の両親と三人だけの旅行となると、茉莉奈も気をつかうだろう。

賢治にしてはやけに気配りが足りないと、康介は素直に感じた。

視線を横に振れば、新妻は突然椅子から立ちあがり、キッチンに向かって小走りに駆け寄る。

「お義母様、私が運びます！」

「お願いね」

料理をのせた皿を受け取り、テーブル席へと戻ってきた茉莉奈は、先ほどとは打って変わり、やや沈痛な面持ちに見えた。

（旅行のことを考えて、憂鬱になってるのかな？）

今どきの若い女性は、義両親との同居を露骨に嫌がるらしく、茉莉奈にしても、少なからずそういう気持ちがあったとしても不思議ではない。

康介がそう考えた次の瞬間、彼女の手から皿がすべり落ち、料理がテーブルの上に飛び散った。

「あ、ご、ごめんなさいっ！」

「いやいや、大丈夫だよ。母さん、ふきんを取ってくれないか」

「あらあら、どうしたの。まあ、あなたにしては珍しい粗相ね」

「す、すみません」

茉莉奈は唇を噛みしめ、ペコペコと頭を下げる。

いつもの明るい表情はどこへやら、顔色すら青白く変わっていた。

賢治が唐揚げをぱくつきながら、無神経な言葉を投げかける。

「どうしたんだ、ぽけっとして。寝不足？」

「ちょっと……酔っちゃったみたい」

「調子が悪いなら、先に休んだらどう？」

続けて律子がぶっきらぼうに言い放つと、若妻は悲しげな視線を夫に向けた。

「そのほうがいいかも。ここのところのお前、なんか疲れてるみたいだし」

「お義母様……すみません。そうさせてもらいます」

茉莉奈は深々と一礼し、逃げるようにリビングを出ていく。

律子と賢治は何気ない顔をしていたが、康介は心底焦った。

彼女の心の重荷になっている原因が、ビデオのパッケージ写真なのかもしれないのだ。

「茉莉奈くん、大丈夫かね？」

慌ててあとを追いかけると、茉莉奈は玄関口の前で佇んでいる。

「……茉莉奈くん」

振り向いた彼女の瞳は、涙で濡れているようだった。

「お義父様、申し訳ありません。せっかくの楽しい食事どきに」

「いやいや、いいんだよ。疲れているなら、ゆっくりと休んだほうがいい。無理することはないんだからね」

「ありがとうございます」

茉莉奈は儚《はかな》げな笑みを浮かべ、息子夫婦の住居へと戻っていく。

康介は小さな溜め息をついたあと、口元を歪ませた。

(私と律子の三人で別荘に行く緊張感からじゃない。やっぱり、このあいだ送った手紙が……ショックだったんだ)

凄まじい自己嫌悪に見舞われる。

よくよく考えてみれば、茉莉奈が梁川莉子であろうとなかろうと、差出人不明の卑猥なパッケージ写真が突然送られてきたら、真っ先に恐怖と不安に駆られるのは当然のことだったのだ。

康介の心の片隅には、不審な手紙について、彼女が自分に相談をもちかけてくるのではないかという淡い期待があった。

だがこれも、うら若き乙女なら二の足を踏んでも何ら不思議ではない。

何せ、その写真には、自分と瓜ふたつのＡＶ女優が映っているのだから。

自ら誤解を招くようなマネをするはずがないし、もし茉莉奈が梁川莉子と同一人物なら、なおさら相談などできないだろう。

(あぁ、バカなことをしたもんだ)

康介は、自身の浅はかな行為を悔いた。

苦悶の表情でリビングに戻れば、賢治は相変わらず料理を口に運んでおり、律子は平然とした顔でキッチンに立っている。

もともと冷めた性格の妻はまだしも、自分に似ていると思われた息子にはがっかりした。

(こいつは気が優しいというより、ただおっとりしているだけなのかも)

妻の体調が悪いというのに、付き添いもしないとは。

何にしても、今回の一件に関しての責任は自分にある。

(できる限り、私が茉莉奈くんをフォローしてやらないと)

固い決意を秘めたものの、取り返しのつかない己の過ちに、康介はただ嘆息するばかりだった。

3

一週間後の土曜日、康介は茉莉奈や律子とともに、K高原の別荘でテニスに興じていた。

茉莉奈は高校時代、テニス部に所属していたようで、軽やかな動きで律子の放ったスマッシュボールを返している。

康介はベンチに腰掛け、若鮎《わかあゆ》のようにピチピチした新妻の肢体に目を細めた。

テニスウェアの胸元をふんわりと膨らませるバスト、キュッと括れたウエスト、短めのスコートからすらりと伸びた足。繊細なボディラインのなかにも、人妻特有の丸みを帯びた曲線が、彼女の魅力を増幅させていた。

羨ましいほどの健康美、蠱惑的な悩ましさが眩《まぶ》しすぎる。

サーブやレシーブをするたびに、乳丘と内腿がふるんと揺れ、牡の本能をいやが上にも刺激した。

（あの胸、まるでゴムまりのようだ。太腿もすべすべしていて、弾力感に満ち溢れている）

乳房をやんわりと揉みしだき、太腿に顔を埋《うず》めたら、どんなに心地がいいのだろう。

スコートが翻ると、康介は無意識のうちに身を乗りだした。

ややハイレグぎみのアンダースコートが瞳に飛びこむ。

涼しい高原地とはいえ、純白の布地は汗をたっぷりと吸い、デリケートゾーンはすっかり蒸れているに違いない。

股間をズキンと疼かせながらも、康介はすぐさま自制した。

邪心を抱いているときではない。

今回の旅行の最大の目的は、茉莉奈への罪滅ぼしなのだ。

この一週間、康介はことあるごとに優しい言葉をかけ、ひたすらフォローに走った。

彼女に対する細やかな配慮は、旅行中も続けるつもりで、自宅に戻ったあとは三本のアダルトビデオを処分するつもりだった。

もはや、茉莉奈が元セクシー女優だったとしても関係ない。

佐久本家にとって、彼女はなくてはならない存在となっている。

(もともとそういう気持ちから、興信所の調査報告を私一人の胸にしまいこんだのに……）

今さらながら、康介は自身の愚かな行為を恥じた。茉莉奈が何の不安もない生活を送れるよう、よこしまな気持ちは封印しなければ……。

「はあっ、あなた、代わってくれる？」

「え？　あ、ああ」

「茉莉奈さん、すごく上手だわ。私じゃ、全然敵《かな》わないわよ」

「お義母様、ごめんなさい」

新妻に目を向ければ、にこやかな笑みを浮かべている。

行きの車中でも、塞ぎこんだ態度を見せることは一度もなかった。

康介のフォローが功を奏したのか、茉莉奈は日ごとに以前の明るさを取り戻していったのである。

「よし！　じゃ、今度は私が勝負だ」

ベンチから立ちあがると、律子はスポーツタオルで額の汗を拭《ぬぐ》い、荷物をまとめはじめる。

「ど、どうしたんだ？」

「私はあがるわ。ショッピングに行きたいの」

K高原の最寄り駅周辺は開けており、家族連れや男女のカップルで賑《にぎ》わっている。

確かに洒落《しゃれ》た店もたくさんあるのだが、何もテニスを中断してまで行くことはないだろう。

「ショッピングを済ませたあとは、賢治を拾って戻ってくるから」

康介は、心の中で舌打ちをした。

(相変わらず、マイペースな女だ。駅前の買い物なんて、毎年してるのに)

時刻はまだ午後一時を過ぎたばかりで、賢治が駅に到着するのは四時頃だと言っていた。

三時間近く、どれだけの買い物をするつもりなのか。

茉莉奈は手心を加えなかったことを悔いているのか、明らかに困惑の表情を見せている。

(まったく！　私がせっかく気をつかっているのに!!)

別荘に戻る律子の後ろ姿を憎々しげに見つめたあと、康介は無理にでも明るい口調で呼びかけた。

「さあ、茉莉奈くん。私が相手をするよ！」

「え？　あ、ああ、はい」

茉莉奈は微笑を返し、レシーブの体勢をとる。

彼女に暗い顔は似合わない。

(賢治との結婚のきっかけを作ったのは、この私なんだ。どんなことがあっても、必ず守るから！)

賢治は揺るぎのない決意を固め、テニスボールをサーブした。

澄みきった青空の下、ボールを打ち返す軽快な音が響き渡る。

茉莉奈は、運動神経がかなり発達しているようだ。

なるほど、律子では相手にならないのも頷《うなず》ける。

心地いいラリーが続き、康介は、律子が車で出かけた音に気づかないほど熱中していた。

(いや、これは驚いた。律子のときは、あれでも手加減していたんだな)

そう考えた直後、茉莉奈は突然身体の動きを止め、コート内に立ち竦《すく》んだ。

顔をくしゃと歪め、右足の太腿の側面を手のひらで撫でさすっている。

「どうしたんだね!?」

「ごめんなさい、足の筋肉が攣ったみたいで……」

「そりゃいかん」

康介はネットを飛び越え、すぐさま茉莉奈のもとに走り寄った。

腰を落として太腿を見ると、筋肉が小刻みに痙攣している。

「歩けるかね？」

「すみません。社会人になってから、ずっと運動不足だったから」

「なあに、よくあることだよ。マッサージをしてあげよう。荷物は、そのままでいいから」

肩を貸し、ゆっくりと別荘に向かう最中、康介は心臓をトクトクと拍動させていた。

今、自分は茉莉奈の肢体に初めて触れているのだ。

華奢《きゃしゃ》な身体ながらも、指を跳ね返すような弾力感、ふっくらとした肉づき、熱い血潮がはっきりと伝わり、高揚感が込みあげる。

（いかん、いかん！　何を考えてるんだ。ついさっき、二度と変な気持ちは起こさないと決心したばかりじゃないか！）

自らガチガチに理性を働かせ、茉莉奈を別荘の玄関口に連れていく。そして彼女の足下に跪《ひざまず》き、テニスシューズを脱がせていった。

「あ、お義父様、自分で……」

「いいんだよ、もっと甘えてくれて。義理とはいえ、私は茉莉奈くんの父親なんだから」

意識的に鷹揚《おうよう》な物言いで、可憐な息子の嫁を見上げる。

口元に片手をあて、はにかむ仕草が愛くるしい。

茉莉奈の素足はやたらなめらかで、爪《つめ》は桜貝のように美しい形をしていた。

たっぷりと汗を掻いているのか、ぬっくりとした空気が立ちのぼる。

(この足で、M男を……)

慌てて邪念を振り払い、三和土から立ちあがった康介は、若妻をリビングのソファまで導いた。

「俯《うつぶ》せになってもらえるかな?」

「で、でも、お義父様に、そんなことをさせるわけには……」

「ははっ、かまわんよ。恥ずかしい話だけど、マッサージは律子で慣れてるから」

茉莉奈は申し訳なさそうに、ソファに腰掛ける。そしてそのまま横たわり、ゆっくりと身体を転回させていった。

（おおっ！）

こんもりと盛りあがったヒップ、スコートから伸びた生足。新妻が見せる無防備な体勢に、血圧が一瞬にして上昇した。

口の中に唾液が溜まり、下腹部が悶々としだす。

「そ、それじゃ、始めるよ。ちょっと、足を開いてくれるかな？」

「はい」

康介は足首を跨ぎ、新鮮なミルクを溶かし入れたような太腿に手を伸ばした。

「あ……ン」

「い、痛いかい？」

「だ、大丈夫です」

両手を肌に押しあて、筋肉を優しく揉みほぐしていく。

なんと、まろやかな感触なのだろう。

まるで、パウダースノウのようなきめの細かさだ。

柔肌は予想以上の弾力感に富み、手のひらをやんわりと押し返してくる。

つきたての餅《もち》のような手触りに、康介は熱い溜め息を放った。

（あぁ、最高だ……やっぱり、茉莉奈くんは最高の女だ！）

頭の片隅に追いやっていた煩悩が、またもや息を吹き返す。

体重をかけるたびに、桃尻がふるっと揺れ、股間の悩ましい暗がりが牡の好奇心をくすぐった。

「あ……あ、き、気持ちいい」

鼻にかかった甘い声を聞いていると、『正統派美少女　イキっぱなし十連発』のシーンを思いだす。

複数の男たちから執拗な愛撫を受けていたときの、艶っぽい喘ぎ声とまったく同じだ。

康介は喉をコクンと鳴らし、やや上ずった口調で問いかけた。

「気持ちいいかね？」

「気持ちよすぎて……眠ってしまいそうです」

「いいんだよ、眠っても。右足が終わったら、念のために左足のほうもマッサージしてあげるからね」

太腿の側面を中心に、膝の上から鼠蹊部の近くまで慎重に施術していく。

康介は目をぎらつかせ、茉莉奈に気づかれないよう、手の甲でスコートの裾を軽くつついた。

白い布地が徐々に吊りあがり、若妻の絶対領域を露にしていく。

頭を斜めに傾ければ、秘めやかな丘陵が視界に入った。

ふっくらとした膨らみが目を射抜き、牡のシンボルがドクンと熱い脈を打つ。

康介は口を真一文字に引き結び、みるみる猛禽類《もうきんるい》のような目つきに変わっていった。

アンダースコートは激しい食いこみを見せ、裾から尻朶《しりたぶ》がはみ出している。

ババロアのような柔肌を目にしているだけで、睾丸《こうがん》の中の精液が暴れまくった。

(はあっ、な、なんてそそらせるアングルなんだ)

この一週間、康介は自分を戒め、ビデオを一度も鑑賞しなかった。

はからずも、禁欲生活が仇《あだ》になったのか、堪えきれない情欲が下腹部を中心に吹き荒れる。

パンツの中のペニスは体積を増し、あっという間に限界まで膨張していった。

股間の一点から、どうしても目が離せない。

さらに頭を下げたとたん、康介はある事実を脳裏に甦らせた。

(そ、そうだ！　太腿の近い部分にあった右臀部の痣！　アンスコがこれだけ食いこんでいれば、見られるんじゃないか!!）

視線が恥丘の膨らみから、ぷるんとした尻朶に向けられる。

スコートを捲りあげれば、茉莉奈がＡＶに出演していたという確たる証拠が白日のもとに晒されるのだ。

忘れようとしていた邪悪な思いが再び燃え盛り、紅蓮《ぐれん》の炎と化していく。

こんな絶好の機会は、二度と巡ってこないかもしれない。

チラリと見上げれば、茉莉奈は顔を横に向け、うっとりとした表情をしていた。

「ど、どうかね？　痛みは？」

か細い声で問いかけるも、新妻は何の反応も見せない。

耳を澄ませば、軽い寝息を立てているようだった。

「ま……茉莉奈くん？」

念を入れ、再度呼びかけてから、康介は小刻みに震える手をスコートに伸ばしていった。

裾をつまみ、頭をさらに下げながらそっとたくしあげる。

（あっ、あっ、あぁっ!?）

アンスコと右尻朶の境界線を目にしたとたん、全身の血が瞬時にして逆流した。

そこには紛れもなく、桜の花びらの痣がくっきりと浮かびあがっていたのである。

4

もはや、茉莉奈と梁川莉子が同一人物であることは間違いない。

秘書時代の可憐で朗らかな笑顔、そしてアダルトビデオの過激なシーンが頭の中をぐるぐると駆け巡った。

彼女は清楚な仮面の下に淫らな顔を隠し、周りを欺いていたのだ。

(茉莉奈くん、君って子は……)

息子の嫁が、元セクシー女優だったのである。

普通の父親なら、がっくりと肩を落とすところだろう。

だが康介は失望するどころか、全身に高揚感を漲らせていた。

義理の娘という思いは、理性やモラルといっしょに吹き飛び、牡の本能だけが一人歩きを始めている。

今の康介は、茉莉奈を完全に性の対象として見ていた。

パンツの中のペニスはあらぬ方向に突っ張り、猛烈な痛みが走っている。

やがて脳裏を占めていったのは、彼女の凛とした女王様の姿だった。

卑猥なシーンが次々にフラッシュバックし、床を這っていたM男が自分に取って代わる。

（あぁ……この足で男のモノをもてあそんだんだ）

中年男を恍惚の世界に導いた脚線美が、今、目と鼻の先にあるのだ。

我を見失った康介は、視線をゆっくりと足の先に向けていった。

左足を両手でそっと抱えこみ、くの字に曲げながら鼻面を寄せていく。

足は人体のなかでも、一番汗を掻く箇所らしい。

シューズの中で蒸れた汗の匂いと、甘酸っぱい芳香が鼻腔をツンと突きあげた。

（はああっ、たまらない……これが、女王様の匂いなんだ！）

鼻の穴を広げ、くんかくんかと、茉莉奈の香気を心ゆくまで堪能する。

今の康介は、ブレーキの壊れた暴走機関車と同じだった。

彼女出演のアダルトビデオを鑑賞してから半年、溜まりに溜まった欲求が堰《せき》を切ったように溢れでていく。

社会的地位はおろか、人間としての尊厳も、父親としての威厳もいらない。

地獄の底に堕ちようとも、今は牡の欲望を満足させたかった。

虚ろな表情で、プリッとした爪先に唇を近づけていく。

(は、はうぅぅっ！)

親指を口に含めば、強い酸味が舌の上に広がり、脊髄《せきずい》を甘美な性電流が駆けのぼった。

(ああ、おいしい、なんておいしいんだ！)

どんな高級デザートも敵わない美味に、脳髄が蕩けていく。

康介は舌をくねらせ、汚れをこそげ落とすように、指の股まで一心不乱に舐めしゃぶった。

チューチューと吸いたてれば、味がより濃厚になり、全身の肌が歓喜にさざめく。

(はぁぁあっ、もっと、もっと！)

もう片方の足も堪能しようとした刹那、鈴を転がしたような声が耳朶《じだ》を打った。

「お義父様……だったんですね」

いつの間にか、茉莉奈がうっすらと目を開けている。

「……あの写真を送りつけてきたの」

「あ、あ、あっ」

ようやく正気を取り戻した康介は、自身の愚かな行為に震えあがった。

若妻はやや冷めた顔つきで、仰向けになりながら上半身を起こす。

(わ、私は、な、何てことを……!?)

後悔しても、あとの祭り。康介は慌ててソファから床へと下り、土下座の状態で謝罪の言葉を告げた。

「も、申し訳ない！　許してください!!」

不埒な行為を律子に知られたら、離婚を切りだされるかもしれない。

一人の父親として、賢治にも合わせる顔がなかった。

ひたすら額を床にこすりつけるなか、ただ沈黙の時間だけが流れる。

茉莉奈は上から睨《にら》みつけているのだろうか、それとも侮蔑《ぶべつ》の眼差しを向けているのだろうか。

あまりの圧迫感に息苦しさを覚えた瞬間、頭上から悲しげな声が響いた。

「どうして、賢治さんとの結婚を許したんですか？」

「え？」

「興信所をつかったんですよね？　それなのに、どうして……」

顔を上げれば、茉莉奈は自嘲《じちょう》の笑みを浮かべている。

もう覚悟はしているといった表情だった。

「私……お義父様が考えているような女じゃないんです」

「え？　ど、どういう意味……」

「確かに……アダルトビデオに出ていました」

茉莉奈の口からはっきりと告げられ、康介は目をそっと伏せた。

正直に言えば、彼女を失いたくない。

これからも、永遠に美しい女王様のそばに仕えていたい。

康介は再び顔を上げ、真摯な表情で心の内を告げた。

「過去のことだと……思ったんだよ」

「え？」

「二年ものあいだ、いっしょに仕事をしてきて、君の性格や人柄はよくわかっている。おそらく、賢治より。自分の目を信じたかったし、今がよければそれでいいと思ったんだ」

「でも……いかがわしいビデオに出演した女ですよ」

「最初はショックを受けたけど、人間なら誰しも、他人に知られたくない過去があるんじゃないかな。それに……」

頭に血が昇り、あまりの羞恥で身が引き裂かれそうになる。

「それに……何ですか？」

康介は顔を耳たぶまで真っ赤にし、ややためらいがちに自身の心境を吐露した。

「初めて会ったときから、たぶん茉莉奈くんに……憧れに近い感情を抱いていたんだと思う」

「憧れ……ですか？」

「う、うん。うまく言えないけど、人間的に好きというか。私のほうが全然年上だし、すぐに自分の気持ちは封印してしまったけど……」

「ビデオを観て、その封印が解かれてしまった……ということですか？」

茉莉奈は外見の魅力ばかりでなく、頭の回転もすこぶる速かった。

拙い釈明にもかかわらず、中年男の心境の変化を悟ったようだ。

あのパッケージは、やはりパンドラの箱だったのか。

調査書の事実を隠蔽《いんぺい》するにしても、証拠品はすぐに破棄するべきだったのだ。

なまじ鑑賞などしたために、とんでもない結果を招いてしまった。

それでも康介は、箱の奥に残っているであろう希望にすべてをかけた。

「二人だけの秘密にしよう。この事実は、律子も賢治も知らないんだ。最初から、私の心の中だけにとどめるつもりだったんだから」

「でも……」

「このまま、佐久本家の嫁でいてほしい！　頼む、お願いだ!!」

必死の形相で懇願すると、茉莉奈は真正面を向き、脚線美を床に下ろした。

まっさらな膝、むちっとした太腿、スコートの奥から覗く悩ましい暗がりに目が奪われる。

慌てて視線を逸《そ》らせば、茉莉奈は優しい口調で問いかけた。

「ホントに……それでいいんですか？　普通なら、追いだされても文句の言えない嫁ですよ」

「かまわん、かまわんよ！　何があっても、私がすべてフォローするから!!」

蠱惑的な三角州が気になり、茉莉奈の顔をまともに見られない。

腋《わき》の下がじっとりと汗ばむ頃、美しい新妻は思いも寄らない疑問を投げかけた。

「どうして……あのパッケージ写真を送ってきたんですか？」

「へ？」

「ビデオ、三本とも観たんですよね？」

「そ、それは……」

チラリと見やれば、茉莉奈は口元に冷笑をたたえている。

紛れもなく、女王様ビデオで目にした表情とそっくりだった。

「私の顔写真、他のビデオのほうが、はっきり写っていたと思いますけど……」

「あ、あの、その……」

額から汗がドッと噴きだし、頬を伝って滴り落ちていく。

聡明な若妻は、すでに中年男のよこしま思いを察しているに違いない。

二人だけの秘密を盾に、淫らな要求を欲していることを……。

「じゃ、どのビデオが一番気に入りました？」

「あ、いや、その……さ、三本目の……ビデオかな？」

「三本目のビデオじゃ、わからないですよ」

果たして、茉莉奈は女王様気質を持ち合わせた女性なのか。

最大の関心事が頭の中で膨らみ、同時に大量の血液が股間に集中していった。

自分の意思とは無関係に、パンツの中のペニスがひと際反り返っていく。

「はっきりと言ってください」

冷ややかな口調で問いただされた瞬間、背筋をゾクゾクとした快感が走り抜けた。

もっと激しく責めたててほしい。

ビデオのM男のように、滅茶苦茶に嬲ってほしい。

康介は汗だくの顔つきで、肩を揺すりながら答えた。

「じょ……女王様のビデオです」

またもや羞恥心が込みあげ、思わず俯《うつむ》いてしまう。

しばし間を置いたあと、茉莉奈は囁《ささや》くような声で呟いた。

「……知ってたんですから」

「え？」

「私をリビングに連れていくときから、あそこを大きくさせていたこと」

新妻は、そう言いながら蔑《さげす》みの視線を向ける。目尻がやや吊りあがり、ふだんの愛くるしい表情は微塵《みじん》も残っていなかった。

「い、いや……私は決して、変な気持ちはなくて……」

「立ってください」

「えっ!?」

「立って、背筋をまっすぐ伸ばしてください」

康介は泡を食った。

牡の肉は、臨界点まで張りつめている。

彼女の眼前に立てば、当然のごとく、勃起状態を悟られてしまうだろう。

ペニスを何とか萎靡《いび》させようにも、海綿体を満たした血液は煮え滾り、さらなる膨張を見せていった。

「さ、早く立ってください」

もはや、覚悟を決めるしかない。

康介は唇を嚙みしめ、言われるがまま床から腰を上げた。

（あ、あああっ！　恥ずかしいっ!!）

テニスパンツは中心部が盛りあがり、やや左方向に三角の頂が突きでている。

勃起の位置まで、はっきりと知られてしまうのだ。

茉莉奈は布地の膨らみをじっと見つめたあと、口元に右手の甲をあて、クスリと笑った。

股間を両手で隠そうとするも、若妻は甘く睨みつける。

「だめです、隠しちゃ。両手も、ちゃんと下に伸ばしてください」

「あ、くうっ」

今の康介には、彼女の口から放たれるすべての言葉が神の啓示に聞こえた。

拒絶したくても、身体が言うことをきかない。

股間から両手を外した瞬間、茉莉奈は右手の人差し指をスッと差しだした。

「何ですか、これ？」

「は、はうぅぅっ」

桜色の爪が、強ばりの頂点をツンツンとつつく。

たったそれだけの行為で、欲望の証《あかし》が腹の奥で荒れ狂い、康介は切なげな顔つきで身をよじらせた。

「すごいコチコチですよ」

「あ、はあぁぁっ、ま、ま、茉莉奈くんっ！」

全身の血液が沸騰、思考回路がショートする。

四肢が震え、立っていることすらままならない。

康介は膝をすり合わせ、涙目で熱い吐息を放った。

生まれてこのかた、これほど心臓がでんぐり返るような思いをしたことがあるだろうか。

パンツの上からとはいえ、若々しい美人妻の柔らかい指が自分の恥部に触れているのだ。

「どうしてほしいんですか？」

「あ、あ、あ……」

胸の奥が重苦しく、言葉がまったく出てこない。

だらしなく口を開けた康介が、眉を八の字に下げると、可憐な新妻はうれしそうな笑みをこぼした。

「窮屈そう。こんなに腫《は》れちゃって、もう我慢できないみたい」

茉莉奈は目を細め、パンツのホックを外したあと、さも当然とばかりにジッパーを引き下ろしていった。

（う、嘘……嘘だろ？）

夢を見ているのではないかと思った。

もしかすると、彼女に対しての強い恋慕が作りだした幻影かもしれない。

身体をピクリとも動かせないまま、ただ下腹部を見下ろすなか、茉莉奈はテニスパンツをブリーフごと捲り下ろした。

（あ、あ、あぁぁぁぁぁっ！）

赤黒い肉棒がバネ仕掛けのおもちゃのように跳ねあがり、カウパー氏腺液《せんえき》が扇状に翻る。

驚いたことに、ブリーフの裏地には先走りの液が溢れかえっていた。五十代後半に突入した中年男が、まさか童貞少年のような性的昂奮を募らせていたとは。

ペニスは鋼の蛮刀と化し、裏茎には太くて逞《たくま》しい芯が注入されている。獣のような臭気が鼻先に漂ってくると、康介はあまりの羞恥に腰を引いた。テニスでたっぷりと汗を掻き、パンツの中は蒸れに蒸れていた状態なのだ。股間の前にいる茉莉奈は、さぞかし汚臭を感じているだろう。

「お義父様のあそこ、汗でテカテカしてますよ」

「あ、ふ……ま、茉莉奈くん！」

「何ですか？」

「か、か、勘弁してくれ。は、恥ずかしくて、死にそうだよ」

泣き顔で懇願すれば、童顔の新妻はアヒルのような上唇をツンと尖《とが》らせた。

「このまま、やめちゃって……いいんですか？」

「そ、それは……」

「してほしいんですよね？」

首をやや斜めに傾け、上目遣いで見つめてくる仕草がたまらない。

意地悪く言い放った問いかけに、心が激しく揺さぶられる。

もちろん、やめてほしくない。それどころか、もっともっと責めたててほしいという気持ちが込みあげる。

中年男の俗物的な願望など、先刻承知しているのだろう。

康介がひたすら肩で喘ぐなか、茉莉奈は窄めた唇の狭間《はざま》から甘やかな唾液を滴らせた。

「あ、あああぁぁぁぁっ！」

水飴《みずあめ》のようなとろみが、肉筒をねっとりとコーティングしていく。

ただそれだけの行為で会陰がひくつき、睾丸の中の精液が荒れ狂った。

「く、くうううっ」

こんなところで射精するわけにはいかない。

顔を真っ赤にして気張り、何とか放出を先送りさせると、今度は白魚のような指が肉幹に絡みつく。

「あ、はわぁぁっ」

心臓の激しい鼓動が、自分の耳にまではっきりと届いた。

神経が研ぎ澄まされるというよりは、剝きだしにされたような感覚だった。

中心部に生じた快楽のほむらが全身に飛び火し、灼熱の砂漠地帯に放りだされたように身が灼《や》ける。

茉莉奈はもう何も言わず、真剣な眼差しを怒張に注いでいた。

左手で恥毛を優しく掻きあげ、右手を前後にスライドさせはじめる。

「お、お、あ、はっ！」

凄まじい快楽の波が、怒濤のように襲いかかった。

自制の防波堤を打ちつけた高波は、甘美なしぶきへと変わり、筋肉ばかりか骨まで溶かしていく。

「あっ、ひっ、そ、そんな、ま、茉莉奈くんっ！」

口の中がカラカラに渇き、言葉がまともに口をついて出てこなかった。

マリオネットのように上体を揺らし、だらしなく口を開けた姿は、傍目《はため》から見たらさぞかし滑稽だったろう。

茉莉奈はペニスと康介の顔を交互に見つめては、徐々にピストンの速度を上げていく。

肉胴にまぶした唾液が奏でる、ニッチャニッチャという猥音がいやらしかった。

手首のスナップをきかせ、剛直をリズミカルに嬲る指の動きが多大な快楽を吹きこんだ。

「あ、ぐぐぅっ」

茉莉奈は真正面に腰掛けており、このまま放出すれば、間違いなく彼女の身体を穢してしまう。

康介は奥歯を食いしばり、必死の自制を試みた。

ところが中年男の頑張りを嘲《あざけ》るように、若妻は肉棒を逆手で握りこみ、手のひらでグリングリンと、根元から雁首を絞りあげた。

「あ、あ、あ、そ、そんな!?」

想像を絶するテクニックが炸裂《さくれつ》した瞬間、白濁の塊は一気に射出口へとなだれ込んだ。

「だ、だめっ……そ、そ……で、出ちゃう……出ちゃう」

視線を虚空にさまよわせたまま、全身が小刻みな振動を起こしはじめる。

「いいですよ」

「で、でも、か、身体にかかっちゃう」

「かまいません。たくさん、いっぱい出してください」

茉莉奈は再びストレートな手コキで男根をしごきあげ、康介は惚けた顔つきで口を開け放っていった。

「あ、イクっ……イクっ……イクっ」

全身が粟立《あわだ》ち、心地のいい浮遊感が下腹部を包みこむ。

青白い稲妻が脳天を貫き、股間の中心部で快楽の癇癪玉《かんしゃくだま》が一気に爆《は》ぜる。

「く、ぉぉぉぉぉおおおおおっ！」

康介は尻上がりの声を張りあげながら、茉莉奈の胸の膨らみに白濁の淫汁をほとばしらせた。

第三章　若嫁の甘美な義父いびり

1

シャワーを浴びたあと、康介はバスローブを羽織り、ややためらいがちにリビングへと戻った。

先にシャワーを済ませていた茉莉奈は、白いワンピースに着替え、先ほどの淫らな行為など想像もつかない愛くるしさを取り戻している。

「何か飲みます？」

「あ、ああ。じゃ、冷たい麦茶でももらおうかな」

キッチンに向かった若妻の背中から、康介は申し訳なさそうに謝罪した。

「すまないね。テニスウェア、汚しちゃって」

「気にしないでください。洗面台で、ちゃんと洗い落としましたから」

ソファにゆっくりと腰を下ろすなか、わずか二十分前の出来事が脳裏に甦る。

（ここで、ホントに射精させられたんだよな）

よほど欲情していたのか、放出されたザーメンは、自分でもびっくりするほどの量だった。

少なくとも、五回は間欠を繰り返しただろうか。

一発目は茉莉奈の顔に届かんばかりの勢いで、濃厚な樹液は何度も緩やかな放物線を描いた。

あまりの恍惚と脱力感に、射精が終焉を迎えた直後は、膝から崩れ落ちてしまったのである。

思いだしただけで、顔が羞恥で火照ってくる。

「はい、どうぞ」

茉莉奈はガラステーブルに麦茶を入れたグラスを置き、真向かいのソファに腰掛けた。

聞きたいこと、聞いておきたいことは山ほどある。

彼女も察しているようだが、やはり気恥ずかしいのか、ただ目を伏せるばかりだった。

「ど……どうして」

「え？」

「どうして……アダルトビデオに出演したんだね？」

若妻はしばし考えこんだあと、ぽつりぽつりと語りはじめた。

「幼い頃から、東京にはずっと憧れていました。私の生まれ育った土地は娯楽施設が全然なくて、そのせいか、男女交際だけは発展してるんです」

「……なるほど」

「ビデオのインタビュー、観ました？」

「う、うん」

「あれは本当のことなんです。初体験を済ませてから、私ってエッチな女の子なんだなということは自覚していました。東京に出てきたあとは、一気に弾けちゃって……」

「それで、アダルトビデオに？」

「知人からの誘いで、三本限りの約束でした。興味もありましたし、まあいいかなって、軽い気持ちで引き受けちゃったんです。今ではすごく反省してるし、後悔もしています。やっぱり……悪いことはできないなって」

「いや、別に法律違反をしているわけじゃないから」

慌ててフォローに走ると、茉莉奈は儚げな笑みを浮かべる。

「でも……とんでもない女が、嫁に来ちゃったなと思ってますよね？」

「そ、そう思っていたら、今、こうやって話をしてないじゃないか。き、君のほうこそ、私を……軽蔑してるんじゃないか？」

おどおどしながら問いかければ、麗しの新妻はじっと見据え、明るい口調ではっきりと答えた。

「軽蔑はしてないけど、びっくりはしました。秘書時代、お義父様は真面目で誠実な人柄だと、ずっと思っていましたから」

「私も、いやらしい人間なのかもしれない。今回のことで、それがはっきりとわかったよ。パッケージ写真を送りつけるなんて、あんな卑劣なマネをしたのも、私の気持ちを君に知ってほしいと考えたのかもしれない」

「すごく不安で、全然眠れなかったんですよ。最初は、賢治さんだと思ったんです。無言の非難をしているのかなって」

「申し訳ない！」

深々と頭を下げると、茉莉奈は真摯な表情に変わる。

「ホントに……いいんですね？」

「え？」

「このまま……佐久本家の嫁でいても」

「も、もちろんだよ！　私のほうから、お願いしたいぐらいなんだから」

「約束ですよ」

目の前に差しだされた小指に、康介は照れつつも自身の小指を絡ませた。

互いの気持ちを伝えあったことで、心の重荷が取り払われたように思える。

康介は最後に、一番の気がかりだった疑問点を恐るおそる投げかけた。

「もうひとつだけ……いいかな？」

「何ですか？」

「あの三本のビデオの中で……どれが、本当の君なのかね？」

とたんに、茉莉奈は瞳の奥に妖しい光を宿らせる。そして口元に微笑をたたえ、艶っぽい声で答えた。

「異様に……昂奮しちゃうんです」

「え？」

「男の人を苛《いじ》めてると」

心臓がドキリとし、下腹部がまたもや悶々としはじめる。

「ひょ、ひょっとして……賢治に対しても」

思いだしたように問いかけると、茉莉奈は首を横に振った。

「賢治さんは、いたってノーマルです。そんなことはありません」

なぜかホッとしたと同時に、新妻は舌先で上唇をスッとなぞりあげた。

「どんなふうに呼ばれたい？」

「え？　ど、どんなふうって……」

「二人だけでいるとき、何て呼ばれたい？」

やや吊りあがった眉尻、ねめつけるような眼差し。彼女の表情は、紛れもなく女王様のそれだった。

「こ、こ、康介……ちゃん」

「女王様の命令は、絶対ですからね。康介ちゃん」

可憐な美女はそう言いながら、こぼれんばかりの笑みを見せる。

放出したばかりにもかかわらず、康介のペニスはまたもやムクムクと体積を増していった。

2

今年のお盆休みは、最高のバカンスになった。

息子の嫁と秘密を共有し、これからも秘めやかな関係を続けていく約束を交わしたのである。目の前がバラ色に開け、気持ちが若返るようだった。

別荘宿泊二日目の夜、康介たちは近場のフランス料理店で夕食をとった。

客たちは見るからに富裕層が多く、店の外装や内装も、銀座《ぎんざ》あたりの一流レストランに劣らない高級感を漂わせている。

予約した個室で、康介はワインとコース料理に舌鼓を打った。

「この店、ちょっと味が落ちたかしら」

「そうかな、私には全然わからんが……」

「ははっ、母さんは舌が肥えちゃってるんだよ。いつも、おいしいモノばかり食べてるから」

賢治の冗談めいた物言いに、律子はニコリともしない。

(愛想笑いぐらいすればいいのに、まったく何が気に食わないんだか)

どんなときにでも愛嬌を忘れない、茉莉奈の爪の垢《あか》を煎《せん》じて飲ませたいぐらいだ。とはいえ、今の康介は少しでも油断すれば、すぐに口元がほころんでしまいそうだった。

まさか父親と息子の嫁が特別な関係にあるとは、いったい誰が想像できるだろう。メインディッシュを食べ終え、デザートが運ばれてくると、康介は真向かいの席に座る茉莉奈を上目遣いに見つめた。

このところ、元気がなかった彼女だが、ほろ酔い加減も手伝い、顔には血色が戻っている。パッケージ写真の不安が払拭《ふっしょく》されたことで、どうやら以前の活力を取り戻したようだ。

(……よかった。茉莉奈くんに、暗い顔は似合わないからな)

安堵の胸を撫で下ろした直後、康介は肩をピクリと震わせた。

膝の内側に、何やら違和感を覚える。

何事かと眉を顰めるなか、股間の中心部に甘美な電流が走った。

(なっ!?　ま、まさか……!?)

間違いなく、茉莉奈が足を伸ばし、男の恥部をまさぐっている感触だった。

白いテーブルクロスは裾が長く、康介の下腹部をしっかりと隠している。

よほど派手な動きでも見せない限り、律子や賢治に知られることはないだろうが、なんて大胆な行動に打って出るのだろう。

茉莉奈は素知らぬフリを装い、デザートを口に運びながら、賢治や律子の話に相づちを打っていた。

（この感触は……素足だ。靴を脱いで、足を伸ばしているんだ。あ、あぁ）

爪先がツンツンと股間をつつくたびに、甘美な疼痛《とうつう》が中心部に巻き起こる。

思わず困惑の視線を投げかければ、新妻は顔を向け、口元に小悪魔の笑みをたたえた。

ふっくらとした足の裏が強弱をつけ、ズボンの下の分身を蹂躙《じゅうりん》していく。

（はふっ、茉莉奈くん、君って子は……）

康介は唇を嚙みしめ、眉を切なそうにたわめた。

大量の血液が海綿体に集中し、牡の肉に強靱《きょうじん》な芯が入りはじめる。

足の裏が上下にスライドし、裏茎を撫であげると、ペニスはとうとう完全勃起を示した。

自制しようにも、情欲の戦慄《せんりつ》は唸りをあげ、中年男の理性を蝕んでいく。

「どうしたの、あなた。デザート、食べないの？」

「え？　あ、う、うん」

律子の問いかけと同時に、茉莉奈の足の動きが止まり、康介はホッとしながらフォークを手に取った。

おいしそうなケーキを口に運ぶも、味などまったくわからない。

何せ新妻の足は、まだ恥部に押しあてられたままなのだ。

「ケーキだけは、おいしいわね」

「また、母さんたら」

律子と賢治の会話が始まったとたん、再び柔らかな指先が蠢いた。

今度はクルクルと、小刻みな回転動でペニスに刺激を与えてくる。

（あ……あ、き、気持ちいい）

恍惚に目がとろんとなり、フォークを持つ手が震えた。

全身が粟立ち、頭の中が白い靄に包まれた。

肉棒がじんじんと疼き、射精感が上昇カーブを描いていく。

（はふっ、このままじゃ……イカされちゃう）

爪先が雁首のあたりをこねまわした瞬間、康介は後ろ髪を引かれる思いで席を立った。

「ちょ……ちょっと、トイレに行ってくる」

快楽の深淵を覗き見たい気持ちはあったのだが、レストランの中で射精するわけにはいかない。

しかも、妻や息子が目の前にいる状況なのだ。

額に脂汗を滲ませた康介は、逃げるように個室をあとにし、足早に男子トイレへと向かった。

ペニスがズボンの中心を突っ張らせ、歩きにくいことこのうえない。

トイレに飛びこみ、個室に入ると同時にホッとひと息つく。

(な、何てことだ。まさか……茉莉奈くんが、あんな淫らな行為をするなんて)

恐怖心はあったものの、康介はまだ心臓をドキドキさせていた。

スリルが、昂奮のボルテージを上げたのだろうか。

とにかく、屹立状態のペニスを鎮めなければならない。

(まずは小便をして、気持ちを落ち着かせよう)

ズボンの合わせ目から勃起を引っ張りだした康介は、息を大きく吐きだし、排尿に神経を集中させた。

硬直が萎《しぼ》みはじめ、代わりに尿意が込みあげる。

「あ、あ、あああああっ」

鈴口から放たれた小水がふたつに分かれた直後、康介は目を剝いた。

どうやら、ペニスにはまだ芯が入っていたようだ。

尿道が圧迫され、ほとばしる湯柱が便器の外に飛びだしていく。

慌てて止めようにも、自分の意思ではどうにもならない。

康介は涙目で、床に飛び散った小水を見つめるばかりだった。

排尿が途切れると、鈴割れから透明な粘液がツツッと滴る。

足での蹂躙は苛烈《かれつ》な刺激を与えていたようで、先走りの液に間違いなかった。

(はあっ……すごく気持ちよかったけど、寿命が縮まるかと思ったよ。これからも……あんな危ないマネをしてくるんだろうか)

先ほどの茉莉奈の行為を思いだしたとたん、再びペニスに硬い芯が注入されはじめた。

「いかん、せっかく小さくなったのに。そんなことより、床を掃除しないと」

トイレットペーパーで床の汚れを拭い取り、やや苦笑混じりの表情で個室をあとにする。

手を洗い、男子トイレを出たところで、康介はハッとした。

なんと茉莉奈が、口元に笑みをたたえながら待ち受けていたのである。

「パンツの中に出しちゃった？」

「い、いや、大丈夫だよ」

一瞬、非難の言葉が頭に浮かんだのだが、あどけない顔を見ていると、何も言えなくなってしまう。

ただ羞恥に苛まれるなか、茉莉奈は疑惑の目を向けてきた。

「康介ちゃん、まさか、トイレで抜いてきたんじゃないでしょうね？」

「そ、そんな！　こんな場所で、できるわけ……ないよ」

周りに人の目がないことを確認してから、小声で答える。次の瞬間、茉莉奈はゆっくりと近づき、キスするかのごとく顔を寄せてきた。

「なっ……」

甘いコロンの香りが鼻腔をくすぐり、瞬時にして脳みそが蕩けだす。

若妻は軽く睨みつけ、股間の膨らみを指先でちょんちょんとつつきながら、さも当然とばかりに言い放った。

「だめだからね」

「え？」

「私の許可なしに、勝手に出したらだめだから」

「はうっ」

茉莉奈は最後にペニスをキュッと握りこみ、涼しげな表情で女子トイレに入っていく。

彼女の後ろ姿を呆然《ぼうぜん》と見送った直後、なぜか心が妙に弾んだ。

次は、いったいどんな行為を仕掛けてくるのか。

困惑や戸惑いよりも、期待感のほうが圧倒的に勝っている。

萎靡したばかりにもかかわらず、男の分身はまたもやズボンの下で鎌首をもたげていった。

3

三泊四日の家族旅行は、今夜の一泊を残し、明日で終了を迎えようとしている。

来週からは会社勤めが始まり、忙しい毎日が待っているのだ。

本音を言えば、あと一週間ぐらいは、茉莉奈と二人きりで過ごしたかった。

(本当に、どうかしているな。相手は、息子の嫁さんだというのに……)

旅行前の狂おしい日々、彼女に対するもどかしい思いも、今ではすっかり消え失せている。

生きていてよかったと、康介は心の底から思った。

これからの茉莉奈との関係を夢想しただけで、胸がワクワクし、なかなか寝つけない。

となりを一瞥《いちべつ》すれば、律子は気持ちよさそうに高いびきを掻いていた。

高嶺の花と思われた彼女も、今や五十二歳。エステ通いで若さは保っていても、間近で目にすれば、さすがに肌の衰えはごまかせなかった。

(二十四歳の女性とは、根本的に次元が違いすぎる)

夫が息子の嫁と淫らな関係を築いていると知ったら、古女房はどんな顔を見せるのだろう。

これまでさんざん尻に敷かれてきただけに、溜飲《りゅういん》が下がる思いだ。

(いかん……また催してきた。夕べは、ちょっと呑みすぎたかな)

時刻は午前零時を回り、別荘内はしんと静まり返っている。

康介はベッドから下り、音を立てずにトイレへと向かった。

二階の部屋で休んでいる茉莉奈たちは、今頃、夫婦の営みに没頭しているのだろうか。

(新婚なんだから……当たり前じゃないか)

胸がチクリと痛むも、頭の隅に渦巻いた嫉妬を追い払い、廊下の奥に向かって歩いていく。

トイレに到着した瞬間、突然突き当たりの引き戸が開き、なんと風呂あがりの茉莉奈が姿を現した。

別荘の浴室は温泉を引いているため、二十四時間入浴が可能だった。

夫婦の営みを終え、汗を流したのだろうか。

新妻は髪をアップにまとめ、ローズピンクのタンクトップとホットパンツを身に着けている。

布地を浮きあがらせる胸の膨らみ、むちっとした太腿が、康介の目を扇情的に射抜いた。

(ああっ、パンツが股にぴっちりと食いこんじゃって。あの太腿……ふるふるしていて、なんて柔らかそうなんだ)

思わず生唾を飲みこんだ直後、茉莉奈はようやく康介の存在に気づいた。

「あら、お風呂ですか?」

「い、いや、トイレだよ」

ドアノブに手をかけているのだから、用を足しにきたのはわかっているはずだ。

茉莉奈はバスタオルを片手に、ほくそ笑みながら近づいてくる。

桜色に上気した頬、ほっそりとした首筋、潤んだ瞳がたまらなく悩ましい。

身体から放たれる甘いバニラのような匂いに、康介はうっとりすると同時に股間の中心を疼かせた。

また何か、淫らな行為を仕掛けてくるのではないか。

期待に胸を膨らませつつ、緊張の面持ちで待ち受ける。

ところが茉莉奈は、「おやすみなさい」のひと言だけを残し、康介の前をゆっくりと通りすぎていった。

「あ、ああ、おやすみ」

賢治が、次の入浴を待っているのかもしれない。そう判断した康介は嘆息し、やや気落ちした表情でトイレに入った。

（仕方ないか。律子や賢治が近くにいるんだし、レストランのときみたいに、あんな危ないマネをしょっちゅうされたら、こちらの身がもたないものな）

今のところ、茉莉奈と二人きりになれる状況は皆無に等しい。

夏期休暇が終われば、なおさらのことだろう。

それだけに、最後に何かしらのご褒美があるかと期待したのだが……。

(同居してから、まだ二カ月も経《た》ってないじゃないか。いずれは、そういうチャンスも来るさ)

納得げに頷いた康介は、浴衣《ゆかた》の合わせ目をはだけさせ、ブリーフの前部分を捲り下ろした。

歳を取ってから、どうにもトイレが近くなった気がする。

尿意を催した瞬間、康介は背後から忍び寄る気配に背中をゾクリとさせた。

ハッとしながら振り返れば、茉莉奈が佇んでいる。

いつの間にドアを開けたのだろう、まったく気がつかなかった。

「ど、どうしたんだね!?」

康介は下腹に力を込め、意識的に排尿をストップさせると、戸惑いの表情で問いかけた。

「ふふっ、鍵はかけないんですね」

「あ、ああ。家族だけだし、ましてこの時間帯だからね。それより……何か用かな?」

「伝えておきたいことを思いだして、戻ってきたんです」

「そ、そう……ドアを閉めて、少し待っててもらえるかな？」

困惑ぎみに答えた直後、茉莉奈は何を思ったのか、トイレの中に足を踏み入れてから扉を閉めた。

「あ、いや、中じゃなくて外で……」

内鍵をかける音が聞こえ、可憐な若妻が小悪魔の笑みを見せる。そして備品棚の上にバスタオルを置き、肩越しから康介の股間を覗きこんだ。

「ま、茉莉奈くん……そ、そんな、は、恥ずかしいよ」

ペニスを手で隠し、拒絶の言葉を放とうにも、茉莉奈は少しも動じない。それどころか、果実臭の息を耳にそっと吹きかけてくる。

「……ああっ」

くすぐったさに身悶えた瞬間、新妻は甘やかな声で囁いた。

「恥ずかしいことなんてないでしょ？　一度、見られてるのに」

「そ、それは……そうだけど」

「私が手伝ってあげる」

「え？」

「いずれは、康介ちゃんの介護をする日が来るかもしれないでしょ？　そのときのための予習よ。さ、手をどけて」

涼しげで優しい声ではあったが、明らかに命令口調が含まれている。

拒みたくても拒めない。いや、女王様の口から放たれた言葉は絶対なのだ。

被虐《ひぎゃく》心に総身が震え、快感の微電流が肌の表面を走り抜けた。

「そうそう、ちゃんと全部見せるの」

「あ、あうっ！」

股間から手を外すと、右手が背後から伸び、しなやかな指が肉幹に絡みつく。

思わず直立不動の体勢になった康介は、奥歯をギリリと嚙みしめた。

昨日のレストランの光景が脳裏に甦る。

硬い芯を残していたペニスは、尿管が圧迫され、小水が八方に飛び散ってしまったのだ。

もちろん、茉莉奈の前で無様な姿は晒したくない。

股間に渦巻く快感から逃れるべく、康介は懸命に気を逸らした。

「さ、いいわよ。狙《ねら》いは定めたから、たっぷりと出して」

「く、くうっ」

勃起と排尿の二重苦に、顔が歪み、汗が額から滴り落ちる。

（ど、どうしたらいいんだ？　小便する姿は見られたくないし、かといって、このままじゃ……あそこがいつ勃起するかわからない）

商談で大きな決断を迫られた機会は何度もあったが、今の康介にとっては、まさにそれらに匹敵するほどの一大事だった。

逡巡《しゅんじゅん》しているうちに尿意を催し、生理現象が性欲を徐々に上まわっていく。

やがて羞恥だけが脳裏を占め、康介は両足をプルプルと震わせた。

「どうしたの？　ひょっとして我慢してる？」

「あ、ああっ」

「あまり我慢してると、膀胱炎《ぼうこうえん》になっちゃうよ」

茉莉奈は意地悪く言い放ち、クスリと笑う。

こめかみの血管が膨れ、顔が真っ赤に染まった。

会陰がひくつき、下腹に鈍痛感が走った。

（だ、だめだ……これ以上は我慢できそうにない）

緊張を自ら解き、一気に脱力すると、シャッという音とともに鈴口から水柱がほとばしった。

（あ、あああっ。若い女の子に……排尿シーンを見られるなんて）

死にたくなるほど恥ずかしいのに、ゾクゾクとするようなこの感覚は何なのだろう。

「すごい、たくさん出てる。よっぽど我慢してたんだね」

ジョボジョボと、湯ばりが便器の中に注ぎこまれる。

どうやら、今回は小水が割れることはなさそうだ。

排尿が終わりを迎えると、重苦しかった下腹部が軽くなった。

「全部、出た？」

「……うん」

ホッとしたのも束《つか》の間、康介は目をひんむいた。

茉莉奈が含み笑いを洩らしながら、ペニスを上下に振りたててきたのである。

「あ、あっ、そ、そんな!?」

「ふふっ。お水切りは、ちゃんとしておかないとね」

心地いい振動が、海綿体に浸透していく。

気を逸らすいとまもなく、肉筒はぐんぐんと膨張していった。

「あら、康介ちゃん。なんか大きくなってるよ」

「は、はあぁぁあっ」

雫《しずく》はもう切れているというのに、茉莉奈は手の動きを止めない。

メトロノームのように揺れるペニスは、瞬く間に鉄の棒と化していった。

肉胴に添えられた親指と人差し指から、茉莉奈の体温が伝わる。

男の分身はすっかり臨戦体勢を整え、もはや萎靡させることは不可能の状態だ。

内からほとばしる情動を、どう処理したらいいのだろう。

困惑する康介の耳に、茉莉奈はまたもや熱い吐息を吹きかけた。

「どうしたの？　こんなに膨らませちゃって」

「あ……あ」

射精にまで導き、愉悦の世界に誘ってほしい。

そう考えても、理性が邪魔をしているのか、本音が口をついて出てこない。

ひたすら身をくねらせるなか、小悪魔の美女は耳元で甘く囁いた。

「お義母様としたの？」

「え？」

「昨日、お義母様としたの？」

「ど、どうして、そんなことを……」

「レストランから我慢したまま帰ったんだし、お義母様に迫ったとしても、不思議はないでしょ？」

「し、してないよ。あいつとは、もう十年近くしてないんだ」

「ホントに？」

「ほ、本当だよ。もう歳も歳だし、夫婦なんてそんなもの……あ、うっ！」

言い終わらないうちに、茉莉奈は肉茎を激しくしごきたてた。

「いいわ。じゃ、たっぷりとご褒美をあげる」

「く、くおぉぉぉぉっ」

柔らかくて温かい指の感触が、肉筒に巨大な快楽を注入していく。

ペニスはビンビンに反り勃ち、亀頭がスモモのように張りつめた。

「気持ちいい？」

「き、気持ちいいです。はふぅぅぅっ」

若妻は手コキを繰り返しながら、耳たぶを甘嚙みしてくる。

舌先で耳の中を抜き差しされると、性電流が頭から突き抜けた。

「どこが気持ちいいの？」

絶え間ない喘ぎ声を洩らすなか、茉莉奈は軽い言葉責めで性感をあおりたてる。

「お、おチ×チン、おチ×チンです」

「おチ×チンのどこ？」

いつの間にか、彼女との会話は主従関係がはっきりとしていた。

まさに女王様とM奴隷、倒錯的なシチュエーションに脳漿《のうしょう》が煮え滾る。

「さ、先っぽ、先っぽです」

「ここ？」

指先が雁首をグリグリとこねまわすたびに、青白い閃光《せんこう》が脳天を貫いた。

「そ、そんなことしたら!?」

「だって、雁ちゃんが一番感じるんでしょ？」

「あ……あ、も、もう……イッちゃいそう」

放出の瞬間を訴えたとたん、茉莉奈はいきなり手の動きを止めた。

「あ、はっ！」

心憎いばかりの寸止め行為に、猛烈な狂おしさが込みあげる。

康介は目に涙を溜め、腰をくなくなと揺らした。

「これから、康介ちゃんの射精管理は私がするから。勝手に出したら、お仕置きだからね」

「あ、あああっ」

なんと、甘美な命令なのだろう。

射精管理、お仕置きという言葉に、康介は過敏に反応した。

自慰行為を我慢すれば、可憐な女王様と再び接点がもてるのだ。

期待感に恍惚とするなか、茉莉奈はやや強めの口調で言い放った。

「返事は？」

「は、はいっ……あっ、くうっ！」

答えた直後、再び肉筒へのスライドが再開される。

淫らな行為が頭の中を駆け巡り、射精感を臨界点まで引っ張りあげた。

毛穴が粟立ち、熱い気配が深奥部から怒濤のように迫りあがった。

「ふふっ、先っぽがエッチなお汁でヌルヌル」

「あ、そこは……だめっ……だめっ」

「あら？　だって、ここがいいんでしょ？」

手のひらで亀頭冠をグリグリと揉みこまれ、悦楽の奔流に身も心も流される。

康介は四肢を震わせ、朦朧とした顔つきで射精の瞬間を訴えた。

「あ、イクっ、イクっ……イッちゃう」

「いいよ。康介ちゃんが出すとこ、全部見ててあげるから。私の目の前で、たっぷりと出してごらん」

三十二歳も年下の女の子から苛まれ、かつてない愉悦の波に呑みこまれる。

朴念仁の自分に、まさかこんな変態的な嗜好《しこう》が隠されていようとは。

昂奮の衝撃波が脳裏で弾け飛んだ直後、康介は天井を仰ぎ、奥歯をガチガチと鳴らした。

「きゃっ、出た出た」

茉莉奈が嬉々とした声をあげると同時に、欲望の塊が体外に排出されていく。

白濁は二度三度四度と射出を繰り返し、放物線を描きながら、便器の中にパタパタと落ちていった。

「一昨日出したばかりなのに、すごい量」

細長い指は決してスライドを緩めず、皮を鞣《なめ》すように、肉棒を根元から何度もしごきあげる。

「一滴残らず搾り取ってあげるから、全部出しなさい」

「は、はあぁぁぁぁっ」

かぐわしい吐息とともに、ふしだらな淫語が耳奥に飛びこむ。

康介は棒立ち状態のまま、桃源郷とも言える官能の奈落《ならく》へと堕ちていった。

4

茉莉奈とのめくるめくひとときに、康介は思いを馳《は》せた。

今度はどんな命令を下し、どんな調教で辱めてくれるのだろう。

仕事も手につかず、頭の中は彼女との淫らな行為一色に占められた。

ところが旅行から戻って半月も経つというのに、茉莉奈はときおり悪戯《いたずら》っぽい視線を投げかけるだけで、何も仕掛けてこようとはしなかった。

結局、彼女出演のビデオは処分できず、悶々とした日々を過ごすばかり。

女王様とM男のあいだには、放置というプレイがあるそうで、中年男の焦《じ》れる姿を楽しんでいるのだろうか。

それとも、単に賢治と律子の目を気にしているだけなのか。

もちろん茉莉奈との約束を守り、自慰行為は一度もしていない。

睾丸には大量の精液が溜まり、性的欲求も日ごとに募ってくる。

股間に手が何度も伸びかけたものの、康介は必死の思いで自制した。

我慢していれば、きっと至高の褒美が待っているはず。

女王様ビデオには、手コキなど足下にも及ばない過激なプレイが目白押しなのだから……。

何とか、二人きりになれる機会はないものか。

考えあぐねていた康介に、最大のチャンスが巡ってきた。

大阪への出張が決まり、懇意にしていた取引先の部長から、ぜひ茉莉奈に会いたいという連絡を受けたのである。

週末の土曜日、康介は夕食時に家族の前で話を切りだした。

「茉莉奈くん、バイトをする気はないかね？」

「え？」

「覚えているかな。Kデパートの菅原《すがわら》さん」

「ええ、覚えています。結婚式のときには、祝電を送っていただきました」

「実は来月の下旬、大阪で彼と商談をすることになってね。茉莉奈くんにも、久しぶりに会いたいって言ってきたんだ。もちろん、ちゃんとバイト料は出すよ。どうだろう？」

「でも……」

「大阪か、いいじゃないか。俺は全然かまわないから、行ってこいよ」

賢治が合いの手を入れるも、茉莉奈は嫁の立場から遠慮しているのか、ためらいがちの表情を見せる。

「あなた、出張は何日間なの？」

「水曜から金曜にかけての二泊三日になると思う。ちょっと大きな商談でね」

平静を装いつつ、康介は嘘をついた。

商談は間違いなく、その日のうちに終わるはずだ。

出張二日目を、茉莉奈と二人きりで過ごす算段だった。

「大きな商談とは言っても、菅原さんとは長いつき合いなんだし、大層に考える必要はないんだよ。今の秘書にも、ちゃんと話は通してあるし」

「茉莉奈さん、行ってらっしゃいな。家のことはよくやってくれるし、たまには気分転換も必要よ」

「ははっ。私といっしょじゃ、かえってストレスが溜まることになるかもしれないが」

茉莉奈はしばし思案したあと、コクリと頷き、康介は心の中で快哉《かいさい》を叫んだ。

（やった！　これで、茉莉奈くんとゆっくり過ごすことができる!!）

淫らな妄想が渦巻き、心は早くも大阪に飛んでしまう。

あとひと月、我慢すれば……。

ズボンの下の逸物は、条件反射とばかりに体積を増していった。

夕食後、康介は書斎に戻り、さっそく出張に向けての秘密計画を練った。

丸一日いっしょにいられるとはいえ、一分一秒たりとも無駄にはしたくない。

(当たり前のことだけど、ちゃんと二部屋は予約しておかないとな。食事は部屋でとれるホテルがいいか)

茉莉奈との甘いひとときを夢想しただけで、胸が妖しくざわついた。

股間の肉槍は勃ちっぱなし、全身がカッカッと火照っていく。

(あぁ……したくてしたくてたまらない。この歳になって、こんなにムラムラするなんて)

身体中に漲る性欲は、まるで十代に戻ってしまったかのようだ。

康介はスラックスの上から股間を撫でさすり、切なげな吐息を放った。

茉莉奈は、いつ淫らな行為を仕掛けてくるのだろう。

(まさか、出張の日まで放置するつもりじゃ？　とてもじゃないが、我慢できな

いぞ）

　アダルトビデオを保管してある金庫に、つい視線が向いてしまう。

　康介がそわそわしだした頃、ドアをノックする音が聞こえ、外から茉莉奈の声が響いた。

「お義父様、お借りした本をお返しにきました」

「あ、ああ。は、入りなさい」

　ハードカバーの本を手にした若妻が入室し、後ろ手で扉を閉める。そして、すかさず意味深な笑みをたたえた。

「ふふっ。康介ちゃん、考えたわね。出張の話って、本当なの？」

「は、半分は本当だよ。ただ、商談はその日のうちに終わるはずだし、その夜は菅原さんと食事をすることになると思う」

「ふうん……じゃ、二日目はずっと空き時間になるんだ？」

「う、うん」

「何を考えてるの？」

「え？」

「よからぬこと、考えてるんでしょ？」

茉莉奈はそう言いながら近づき、股間の中心部に熱い視線を注ぐ。そして舌先で唇を濡らし、指先をこんもりとした膨らみに伸ばしてきた。

「あ、ふっ」

「ほら、またこんなに大きくさせて」

肉棒をやんわりと揉みこまれ、昂奮のパルスが炸裂する。

康介は眉尻を下げ、縋《すが》るような目つきで懇願した。

「茉莉奈くん……お願いだ。もう、これ以上は我慢できそうにない」

「約束、まだ守ってるんだ？」

「も、もちろんだよ！」

女王様のご褒美が頭にチラつき、期待感に胸がときめく。

胸を張って答えると、茉莉奈は満足げな笑みを浮かべた。

「立って、ズボンを下ろして」

射精管理から半月、ようやく至高の放出を迎えられる。

康介は嬉々とした表情で椅子から立ちあがり、スラックスのボタンを外したあと、ブリーフごと一気に引き下ろした。

跳ねでたペニスは極限にまで張りつめ、胴体にはミミズをのたくらせたような静脈が無数に浮きあがっている。

恥ずかしいという気持ちは、不思議なほどない。

今は、性欲のほうが圧倒的に勝っているのだろう。

康介は荒い吐息をこぼし、甘美なご褒美を今か今かと待ち受けた。

「すっごい。こんなカチカチになるなんて」

「も、も、もう……限界なんだ。あふぁ」

ほっそりとした指先が、裏茎の中心をツツッと這いのぼる。ただそれだけの行為で、腰に熱感が走った。

「限界なんだじゃなくて、限界です、でしょ？」

「あ、あ、げ、限界なんです！」

「いいわ。約束はちゃんと守ったみたいだし」

茉莉奈はそう告げると、唇を窄め、真上から唾液をツツッと滴らせた。

(あ、はぁ！　ま、茉莉奈くんの唾がっ⁉)

透明な粘液が、肉筒をねっとりと覆い尽くしていく。

別荘のときと同様、彼女は手コキでザーメンを搾り取ってくれるのだろうか。

あまりの期待感に、心臓が口から飛びでてきそうだった。

脳漿が沸騰し、顔が火箸《ひばし》をあてられたように熱くなった。

彼女の体内から放たれた分泌液が、自分の不浄な器官を包みこんでいく様は、何度目にしても異様な昂奮を与える。

まるで厳寒地に放りだされたように、康介は全身をぶるぶると震わせた。

「ふふっ。おチ×チン、私の唾だらけになっちゃった」

「あ、あ、あぁ」

「どうしてほしい？　このおチ×チン」

愛らしい唇のあわいから男性器の俗称が飛びだし、昂奮度にさらなる拍車をかける。ただ荒い息継ぎをするなか、茉莉奈は上目遣いに甘く睨みつけた。

「ちゃんと口に出して言わないと、何もしてあげないよ」

康介は口中に溜まった唾液を飲みこみ、やたら粘つく唇を開いた。

「お、お、おチ×チンを……」

「おチ×チンを何？」

「あ……あ、な、舐めてほしいです」

決死の覚悟で思いの丈を吐きだすと、茉莉奈はさも心外という顔つきに変わった。

「やだ……そんなことを考えてたの？」

「あ、いや、その……」

顔から火が出るような羞恥が身を苛む。

康介がおたおたするなか、可憐な新妻は一転して天使のような微笑を見せた。

「ふふっ。じゃ、お望みのご褒美をあげようかな。今日は、本当に特別なんだからね」

茉莉奈は一歩退き、なぜか背中に両手を回す。

ワンピースのファスナーを下ろす音が聞こえたとたん、康介は胸が張り裂けそうな驚きを覚えた。

彼女は、いったい何をしようというのか。

瑞々しい裸体を見せつけるつもりなのか、それとも……。

白い布地が床にパサリと落ちた瞬間、康介は危うく大きな声をあげそうになった。

なんと茉莉奈は、『フェラチオ天国　ぶっかけ祭り』で着用していたマイクロビキニを身に着けていたのである。

「あ、あ、あぁ」

紐のような黄色い布地が、バストと股間を申し訳程度に隠している。

オレンジのようなふたつの乳房は張りと艶があり、なおかつふんわりとしていて、今にも三角布地からこぼれ落ちてきそうだ。

ボトムの中心部は、もう縦筋の上に置かれているとしか思えない。

股の付け根はもちろんのこと、淫裂にまでぴっちりと食いこみ、二次元の世界では決して味わえなかった立体感とともに、中年男に猛烈なエロスと刺激、そして昂奮を与えた。

「見覚えがあるでしょ？　ネット通販で買ったの。布地面積が少ないから、同じような水着はすぐに見つかったわ」

「ど、どうして……」

「ご褒美だって言ったでしょ。約束を破っていたら、見せないつもりだったけど」

凄まじい迫力で差し迫る極小ビキニに、目が少しも離せない。

康介はもう一度、上から下に向かって好奇の眼差しを注いだ。

お椀《わん》を伏せたような乳房の質感もよかったが、やはりこんもりとした恥丘の膨らみが気になってしまう。

股布の脇から覗く、生白い過敏そうな肌を見ているだけで、性的昂奮は早くも臨界点を超えた。

手を伸ばし、柔らかいマシュマロのような丘陵に触れてみたい。

感触を確かめたあとは跪き、間近で匂いを嗅ぎまくりたい。

康介はあまりの感動に唇の端をわななかせ、邪悪な欲望をたっぷりと溜めこんだ肉棒をビンとしならせた。

下手をしたら、このまま射精していたかもしれない。

マグマのような性衝動にストッパーをかけたのは、律子や賢治がそばにいるという状況だった。

片や牡の棍棒を剝きだしにしたまま、片や全裸に近い悩殺的な水着を着用しているのである。

扉を開けられたら、身の破滅は火を見るより明らかだろう。

部屋の出入り口に不安げな視線を送ると、茉莉奈は自信たっぷりに言い放った。

「賢治さんは、ビデオを借りにいったわ」

「え？」

「話題の新作が入荷したから、一刻も早く観たいんですって。ここは玄関口から近いし、賢治さんが帰ってきても、いきなり書斎にやってくることはないんじゃない？」

「り、律子は……」

「お義母様は、お風呂に入ったばかりよ」

律子は昔から長風呂で、一度入浴すると、一時間近くは出てこない。

とりあえず安堵の胸を撫で下ろした康介は、再び情欲のほむらを燃えあがらせた。

まろやかな稜線《りょうせん》を描く乳丘、蜂のように括れたウエスト、ぷっくりとした健康的な肉土手。そして、もっちりとした太腿の量感に舐めるような視線を向ける。

「康介ちゃん、きっとこの水着が好きなんじゃないかと思って」

茉莉奈がにこやかな笑みを見せつつ、ファッションモデルのように身体をくるりと回転させる。

マイクロビキニは予想どおり、Tバック仕様だった。

ツンと上を向いたヒップは丸々と張りつめ、挑み誘うように、たわわに弾み揺らぐ。

「あ、ああ……」

秘書時代から、痒《かゆ》いところに手が届く彼女の気配りは賞賛ものだった。男の浅ましい欲望など、手に取るようにわかるのだろう。

感動に胸を熱くさせた瞬間、さらなる感激が待ち受けていた。

茉莉奈がゆっくりと近づき、眼前で腰をスッと落としていったのである。

（あっ！　ま、まさか⁉）

ビンビンに反り返った肉棒が、新妻の目と鼻の先で唸りをあげる。

裏茎に息をフッと吹きかけられただけで、康介は狂おしそうに身をくねらせた。

「おチ×チン、熱くなってる。フーフーしただけじゃ、鎮まらないかも」

茉莉奈は淫蕩な笑みを浮かべ、唇の狭間からイチゴのような舌を突きだす。

そして皺袋から肉棹にかけて、触れるか触れない程度のタッチでなぞりあげていった。

「は、はぁぁぁあああっ」

一枚目に鑑賞したフェラチオのシーンが、脳裏を走馬燈のように駆け巡る。

あのビデオでは黄色いマイクロビキニを着用しており、飢えた獣のように男根を舐めしゃぶっていた姿は、今でもはっきりと目に焼きついていた。

茉莉奈は最初から、口淫奉仕をするつもりで書斎を訪れたのだ。

小さな虫が這っているような感覚に、康介は全身を粟立たせた。

舌先は強弱をつけ、チロチロと微妙なタッチで肉胴を撫であげていく。

康介にとって、オーラルセックスは人生初の体験なのである。

いったい、どれほどの快楽を与えるのか。

早く咥えてほしい、たっぷりとおしゃぶりしてほしい。

中年男の心の内など、とうに察しているのか、茉莉奈は焦らすように雁首や亀頭を舌で掃き嬲る。やがて窄めた唇を、宝冠部にぷちゅっと押しあてた。

プラムのようなリップの、なんと艶々していることか。

照明の光を反射し、なまめかしい光沢を放つ唇が徐々に輪を広げていく。

(あ……あ、い、いよいよだ)

目を見張るなか、亀頭はにゅるんという感触とともに、口腔に呑みこまれていった。

「つ、はあぁぁぁっ」

生温かい、それでいてねっとりとした粘膜が肉筒に絡みつき、想像以上の快美を与えてくる。

(す、すごい……あそこの中に入れているのと、ほとんど変わらんじゃないか)

全身の筋肉が強ばり、もはや喘ぎ声すら出ない。

ひたすら歯を食いしばると、茉莉奈は男根をゆっくりと喉の奥に招き入れていった。

口中には大量の唾液が分泌しているのか、ヌラッとしたぬめりが胴体の表面に心地いい感触を生じさせる。

肉棹が根元まで埋没した直後、康介はみるみる目を見開いていった。

（く、くうっ……こ、これがディープスロートというやつか）

康介のペニスはそれほど長大ではなかったが、それでも怒張が口の中にすべて隠れてしまうとは、まるで手品でも見ているようだった。

茉莉奈は息苦しいのか、やや眉根を寄せ、顔を左右に小さく揺らす。そのときですら喉が先端をキュッと締めつけ、舌が縫い目をなぞりあげてくるのだから、巧緻《こうち》を極めたテクニックにはただ愕然とするばかりだ。

相手は、女盛りの熟女ではないのである。

二十四歳の若妻が、これほどの性技を身につけていること自体、生真面目な康介にはとても信じられないことだった。

茉莉奈は双眸を閉じたまま、顔をゆったりと引きあげていく。

口唇の端から大量の唾液がじゅぷりと溢れだし、口の中からコキュコキュとくぐもった抽送音が響いた。

「お……お、おう」

彼女は頬を窄めながらペニスを吸引しているようで、尿管から精液が搾り取られるような感覚に襲われる。

肉胴がドクンと脈を打ったとたん、茉莉奈は本格的な律動で男根を嬲りあげていった。

「んっ、んっ、んっ！」

鼻から抜けるような息をつき、柔らかい上下の唇で肉幹をこれでもかとしごきあげる。

「あっ、ふっ、あっ！」

康介は棒立ち状態のまま、絶え間ない喘ぎ声を放っていた。

股間の中心に巻き起こる愉悦の渦に、必死の抵抗を試みるも、同じリズム、同じ動作の連続が性的快感を高めさせ、射精感は上昇の一途をたどる。

やがて茉莉奈は、猛烈な勢いで頭を上下に打ち振っていった。

肉幹になめらかな唇をすべらせ、ペニスを唾液の海に泳がせる。

「あ、あふぅぅっ」

康介は、熱病患者のような呻き声をあげた。

半月あまりの禁欲、初のフェラチオ体験に、自制の結界は瞬く間に崩落していく。とても耐えられるようなレベルの口戯ではない。

「あ……あ、あ、イクっ……イクっ」

我慢の限界をうわ言のように呟くと、茉莉奈はさらにスライドのピッチを速めた。

ヴプッ、ジュプッ、じゅるるるるっと、濁音混じりの吸茎音が高らかに響き、快楽の風船が中心部で極限にまで膨張していく。

「は、はふぁあぁあぁぁあっ」

康介は天を仰いだあと、股間を狂おしそうに見下ろした。

捲れあがったかわいい上唇が、唾液でヌラヌラと濡れ光っている。

鼻の下を伸ばし、頬をへこませ、赤黒い肉棒を舐めしゃぶる姿はあまりにも凄艶だ。

口腔粘膜を肉筒にピタリと張りつけ、ジュプッ、ジュパパパッと吸引してくると、康介は臀部の筋肉を引き攣らせた。

快感をいつまでも享受していたかったが、これ以上はとても堪えきれない。

「イクっ、イキますっ」

裏返った声で射精の瞬間を告げたとたん、茉莉奈は口から勃起を抜き取り、右指でしごきたてた。

「いいよ、たっぷり出して」

「あっ、で、でも、でもっ！」

このままでは別荘のときと同様、彼女の身体に振りかけてしまう。困惑げに顔を歪ませた直後、優美な若妻は脳髄が蕩けるような言葉を投げかけた。

「ふふっ、顔にかけたいんでしょ？」

「あ、あああああっ」

ビデオのシーンを再現してくれると言うのか。

淫猥な誘いが呼び水となり、白濁のマグマが腹の奥で大噴火を始める。

柔らかい指腹が雁首をゴリンとこすりあげた直後、康介は喉から絞りだすような奇声を発した。

「はっ、ひゃぁぁぁぁぁっ」

律子が自宅にいなければ、絹を裂くような悲鳴をあげたことだろう。

鈴口から放たれたザーメンはびゅるんと跳ねあがり、茉莉奈のツルツルの頬から口元を打ちつけた。

新妻は目をきらめかせ、すぐさま濡れたリップを亀頭冠に被《かぶ》せる。

「お、お、おおおおおっ」

康介は低い唸り声をあげつつ、眼下の淫景を凝視した。

茉莉奈は目を閉じ、コクコクと、音を立てて精液を飲んでいるようだ。

ペニスが脈動を繰り返すたびに、白い喉が緩やかに波打った。

(あ、あ……の、飲んでる)

今、『フェラチオ天国　ぶっかけ祭り』のシーンが再現されているのだ。

熱い感動に胸を震わせた刹那、茉莉奈はペニスを吐きだし、大きな息をついた。

「康介ちゃん、すごい量。飲むの、大変だったよ。ホントに五十代なの？」

目を丸くする彼女の顔すら、今や快楽のスパイスと化している。

可憐な新妻はニコリと笑い、ぬめ光る亀頭を再び口中に導く。

「あ、くふぅっ」

飴玉を転がすようにしゃぶられ、柔らかい舌で残滓《ざんし》を清められると、天国に舞いあがるような快感が全身を覆い尽くした。

頭の中が朦朧とし、身体に力が入らない。

口からペニスが抜き取られたと同時に、康介は椅子にドスンと腰を落とした。

「はあはあはあ」

荒い息が止まらず、瞼《まぶた》の裏がチカチカする。

「大丈夫？」

茉莉奈の問いかけにも答えられず、康介はただ肩で喘ぐばかりだった。

陶酔のうねりに身を委ねながらも、睾丸に溜まっていた淫欲のエネルギーを吐きだし、気持ちはさっぱりとしている。

（あぁ、最高だった。こんなおいしい思いを、この歳で経験するなんて）

ようやく幸福感に浸りはじめた頃、下腹部に走った違和感に、康介はうっすらと目を開けた。

（えっ⁉）

茉莉奈は髪を留めていた紐を外し、萎《な》えはじめたペニスを指先で起こす。そして、紐の中心部を陰嚢の裏側にあてがった。

「あ……な、何を？」

「ふふっ、これからまた射精管理するの。この紐、出張の日まで外しちゃだめだからね」

小悪魔女王様がほくそ笑んだ瞬間、康介は背筋に悪寒を走らせた。

二重に括《くく》られた紐が、陰嚢の裏側で交差する。

「あ、そんなに強く縛ったら……」

「弱くしたら、射精管理の意味がないでしょ？　大丈夫、ちゃんとおしっこは普通にできるようにしてあげるから」

茉莉奈はそう言いながら、ふたつの肉玉を交互に拘束していった。

「あ、あ、あ……」

紐のあいだから睾丸がニョッキリと突きだし、さらにはペニスの根元にも紐を巻きつけ、肉筒が逆三角形に変形していく。

「こんなものかな？　どう、痛くない？」

「そ、それほど痛くはないけど……」

「根元の部分は緩くしておいたから、おしっこはちゃんとできるはずよ。ただし、タマタマのほうはしっかりと拘束しておいたから、精子は出ないだろうけどね」

副睾丸と輸精管のあいだは紐できつく締めつけられているので、確かに射精は不可能だろう。

多少の痛痒《つうよう》感はあったものの、なぜか胸が妖しくざわつく。

茉莉奈は最後に根元の上で結び目を作り、満足げな顔つきで立ちあがった。

紐の中にはゴムが入っているのか、伸縮性には富んでいたが、これで本当に排尿が可能なのだろうか。

「こ、この状態で出張まで？」

「そう、我慢できるよね？」

甘く睨みつけられれば、思わずコクンと頷いてしまう。

彼女の命令に従えば、また未知の快楽を与えてくれるかもしれないのだ。

およそひと月の禁欲は、どれほどの肉悦を喚起させるのだろう。

康介は来たるべき大阪出張に向け、早くも目をとろんとさせていた。

第四章　匂い立つ嫁の恥臭

1

茉莉奈によって強いられた枷《かせ》は、予想以上に厳しいものだった。

最初の一週間は何とか耐えられたのだが、二週目から下腹部の悶々《もんもん》が最高潮に達し、仕事中も淫《みだ》らな妄想が脳裏に渦巻いた。

そのたびに勃起したペニスに痛みが走り、康介は何度も苦痛に顔を歪《ゆが》めた。

茉莉奈の言うとおり、排尿には何の問題もなかったが、ペニスに指を添えただけでも半勃起する始末だった。

禁欲生活に身体が慣れたのか、三週目からは楽になったものの、出張の日が近づくにつれ、今度は精神的な高揚に苛《さいな》まれた。

まさに心ここにあらずという表現がぴったりの状態で、朝から晩まで、何をしていても気持ちが落ち着かなかった。

この時期、一番つらかったのは、明け方の生理現象だろうか。四十路《よそじ》を過ぎてからなくなっていた朝勃《あさだ》ちが甦《よみがえ》り、毎日のように根元の枷に叩《たた》き起こされた。

若い女性との淫靡《いんび》な約束は、中年男の性欲をも復活させたのかもしれない。

今の康介は、第二の青春を謳歌《おうか》しているといっても過言ではなかった。

(禁欲はつらかったけど、ようやく……この日が来たんだな)

康介と茉莉奈は、大阪に向かう新幹線に乗っていた。

となりの席に座る若妻をチラリと見やれば、彼女は襟元に紺色のパイピングが入った白のレディーススーツに身を包んでいる。

ぱっと見には、秘書時代とまったく変わらない。

第三者の目からは、とても人妻には見えないだろう。

(よく、こうして二人で出張に赴いたっけ。最後に行ったのは……去年の暮れあたりだったかな?)

あのときは賢治との結婚も決まっており、茉莉奈を本当の娘のような感覚で見ていた。

一年も経《た》たずに、まさかこんな倒錯的な関係になろうとは……。

(それにしても……やっぱりかわいいなぁ)

ぱっちりとした目、小さな鼻、ふっくらとした唇。ゆで卵のような頬《ほお》はツルツルで、もちろん皺《しわ》などは一本もない。

世のおじさんたちが、若い女の子に夢中になるのがよくわかる。

老いに対する不安が、ピチピチとした肉体に執着心を起こさせるのかもしれない。

若さはそれだけで宝なのだと、康介は率直に思った。

(こんなにかわいい女性と、ふしだらな関係を築いているんだから、まったく信じられんな)

ただの男と女の関係ではない。

義理の父と娘という禁忌にくわえ、女王様と奴隷というおまけまでついている。

倒錯的なシチュエーションは、相手が愛くるしい美女だからこそ、多大な昂奮《こうふん》を促すのだ。

康介の視線に気づいたのか、ファッション雑誌を読んでいた茉莉奈が可憐《かれん》な容貌《ようぼう》を向ける。

慌てふためくと、小悪魔女王様は口元に冷笑をたたえた。

「……我慢できないの？」

「い、いや、そういうわけじゃないけど」

「何もしてあげないから」

「え？」

茉莉奈は唇を耳元に近づけ、小さな声で囁《ささや》く。

「だって、これから商談するのに困るでしょ？　時間だってないし」

「あ……そ、そういうこと」

この日を、指折り数えて待ちわびたのだ。

何もなく帰宅したのでは、あまりにも切なすぎる。

康介はホッとすると同時に、胸の鼓動を高鳴らせた。

茉莉奈が身体を近づけるたびに、シトラス系の甘い芳香が漂い、海綿体に熱い血流が注ぎこむ。

「あ、つっ」

ペニスの根元に痛みが走り、思わず上体を屈《かが》めると、彼女はさも楽しそうに言い放った。

「痛い？」

「ほんの、ちょっと」

「夜まで、我慢できるよね？」

「う……うん」

「たっぷりと、ご褒美をあげるから。あっ……康介ちゃんは、お仕置きのほうがいいのかな？」

「そ、それは……」

「おチ×チン、嫌というほど苛《いじ》めてあげる」

「あ、あああっ」

「ふふっ、タマタマのほうもこってりとね」

ソフトな言葉責めを受けただけでも、全身の血が逆流する。

苦悶の表情を見せる康介を、可憐な若妻は涼しげな表情で見つめていた。

2

商談を終えた康介と茉莉奈は、予定どおり、Kデパートの菅原部長から接待を受けた。

場所は懐石料理の専門店で、とても落ち着いた雰囲気の店だったが、さすがに今日ばかりは、早くホテルに戻りたいという気持ちのほうが強かった。

今回の出張は、一日千秋の思いで待ちつづけたのだ。

茉莉奈と二人だけで過ごす時間に勝るものなど、あろうはずがない。

ところが意に反し、この日の菅原部長は上機嫌で、なかなか帰してくれようとはしなかった。

そもそも彼は、茉莉奈に好意を抱いていた節があり、久方ぶりの再会に気持ちが高揚したようだ。

話題は彼女のことばかりに終始し、じっとりと舐《な》めるような視線は、男の康介でもゾクリとするほど気味が悪かった。

お開きの時間を迎えたときは、どれほど心が軽くなったことか。

タクシーに乗りこむ菅原部長を見送り、康介は茉莉奈とともに歩いてシティホテルに向かった。

「……これ」

「ん、何？」

茉莉奈がスーツのポケットから、小さな紙切れを取りだす。

そこには、携帯の電話番号が書かれていた。

「気が向いたら、電話してくれって。康介ちゃんが、トイレに行ってるときに渡されたの」

「あ、あの野郎！」

康介はメモを引ったくり、その場でビリビリに破いた。

歳は自分とさほど変わらない、妻子のいる中年男に激しい嫉妬《しっと》が燃えあがる。

「いったい、どういうつもりなんだ！　結婚して、義理とはいえ、私の娘になったというのに!!」

「そんなに怒らないで。ただ、気が向いたら、二人で呑《の》もうって誘われただけだから」

「下心が見え見えじゃないか！」

「ふふっ……人妻になって、魅力が増したんだって」

「え？」

「独身のときより色気が増したって」

「そ、そんなことを言ってたのか!?」

たとえお得意様を失ったとしても、今すぐ呼びだして、殴りつけてやりたいぐらいの心境だ。

憤る康介の腕に、茉莉奈は手をそっと絡めてくる。

「私が魅力的に見えたなら、それは康介ちゃんのおかげだよ」

「え？」

「わかるでしょ？」

愛くるしい笑顔を目にしているだけで、不思議と怒りが収まる。

同時に、康介の顔は茹《ゆ》でダコのように赤くなっていった。

考えてみれば、接待中の茉莉奈の対応は初々しい新妻役に徹していた。愛嬌《あいきょう》たっぷりの表情に頬を染める仕草。彼女を見たら、どんなに頑固で堅物な親父でもイチコロに違いない。

大阪の街でも、茉莉奈の美貌は目立つようで、通りすぎる男たちが羨望《せんぼう》の眼差《まなざ》しを注いでくる。

彼らの目に、二人の関係はどう映っているのだろう。

愛人か、それとも金で若い女を買ったと思われているのか。

康介は顔を上げることができず、一刻も早くホテルに着くことを願った。

(今さら……恥ずかしいもないか)

実際、息子の嫁と、さらなら禁断の道に足を踏み入れようとしているのだ。

ホテルのエントランスが視界に入ると、安堵《あんど》の胸を撫《な》で下ろすと同時に、股間の肉槍がひと際ひりついた。

「康介ちゃん」

「ん？」

「今日は疲れた？」

確かに疲れてはいたが、この状況では寝られそうにもない。

「茉莉奈くんは？」

「私は、全然大丈夫。康介ちゃんは、もう我慢できないんでしょ？」

「……うん。わ、私の部屋で……いいかな？」

茉莉奈がコクリと頷《うなず》いた瞬間、海綿体に大量の血液が集中していった。

（あつつっ……あぁ、ホントにもう我慢できないよ）

逸《はや》る気持ちを抑えつつ、エントランスをくぐり抜け、ロビーに向かって歩いていく。

茉莉奈がスッと離れると、康介はやや緊張の面持ちでフロントに歩み寄った。

「さ、佐久本ですが」

「いらっしゃいませ。佐久本様ですね、お待ちしておりました」

チェックインの手続きを済ませているあいだも、昂奮と期待で全身の血が熱く煮え滾《たぎ》る。

「東京から、荷物が届いております。お部屋まで……」

「いや、自分で運ぶからけっこうだよ」

これ以上、無駄な時間を過ごしている暇はない。

康介はやや大きめのボストンバッグを受け取ると、ベルパーソンのアテンドを断り、茉莉奈のもとに駆け寄った。

「茉莉奈くん、行こう」

「康介ちゃん、荷物を送っていたの？」

「え？　う、うん。君に、どうしても見せたいものがあってね」

「へえ、何かしら。楽しみ」

小悪魔女王様は、子供のようなあどけない笑顔を見せる。

くるくるとよく動く黒目がちの瞳、ツンと突きでた上唇。愛くるしい容貌に魅入られた康介は、部屋に到着する前から鼻息を荒らげていた。

3

シティホテルの部屋は、一般的なシングルルームの造りだったが、康介の目にはラブホテル以上の淫靡な雰囲気に映っていた。

扉を閉めた直後から、茉莉奈との二人だけの世界が確立し、細胞のひとつひとつが欲望一色に染まっていくかのようだった。

すでに牡《おす》の肉は、スラックスの下で完全勃起している。

(ああ、ついに……ついにこの日が来たんだ)

誰の邪魔も入らないめくるめく時間に、康介は熱い感動を覚えた。

思えば七カ月前、茉莉奈の秘密を知ったとき、そしてアダルトビデオを観た瞬間から、こうなることを期待していたのかもしれない。

足が小刻みに震え、動悸《どうき》が天井知らずに上昇していく。

(お、落ち着け。時間はたっぷりあるんだ)

バッグをベッドの横に置き、振り返れば、茉莉奈が目の前に差し迫っている。

「バッグの中身は気になるけど、その前にしてほしいことがあるんじゃない?」

とたんに全身の毛穴が開き、胸が締めつけられるように苦しくなった。

頭の中では淫らな妄想が渦巻いているのに、身体がまったく動かない。

小悪魔女王様は謎《なぞ》めいた微笑を浮かべ、ふくよかなバストを胸にピタリと合わせた。

「どうしてほしい？」

「あ、あ……」

「何をしてほしい？」

茉莉奈はそう言いながら、右足をくの字に折り曲げ、膝頭《ひざがしら》をスラックスの中心部に押しあてた。

グリッグリッと、ソフトなタッチで睾丸《こうがん》を玩弄《がんろう》され、背筋を甘美な電流が走り抜ける。

「康介ちゃんが望んでること、何でもしてあげる」

果実臭の息が頬にまとわりついただけで、一気に昇天してしまいそうだ。

ペニスの根元がひりつき、凄《すさ》まじい痛みを与えたが、今ではそれすらも快感へと取って代わっていた。

「あ、そ、その、あの……」

してほしいことはたくさんあるのに、気持ちばかりが先走り、言葉が口をついて出てこない。

康介の心境を察したのか、茉莉奈は子供の着替えを手伝うように、優しく上着を脱がせてくれた。

「まずは、裸になっちゃおうか？　約束が守られているかどうか、ちゃんと見ておきたいし」

ネクタイに続き、ワイシャツのボタンが外される光景を、康介は熱病患者のような顔つきで見つめていた。

上半身を裸にされ、しなやかな指がズボンのベルトに伸びる。

蠱惑《こわく》的な視線が股間の一点に注がれ、ペニスがドクンと脈打つ。

ベルトが外され、チャックが引き下ろされると、スラックスの布地は足下までストンと落ちた。

(あ、あぁっ)

ブリーフの前面部はこんもりと盛りあがり、ペニスはおろか、睾丸の形まで露《あらわ》にさせている。

思わず身をくねらせれば、茉莉奈はクスリと笑った。

「じゃ、脱がすからね」

期待感とともに、凄まじい羞恥《しゅうち》が込みあげる。

この日は朝早くから動きまわり、たっぷりと汗を掻《か》いているはずだ。

下着の中は蒸れ、不快な臭気を発しているに違いない。

もちろん、シャワーを浴びたいという気持ちはあったのだが、今の康介に自分の意思をはっきりと伝える余裕などあろうはずもなかった。

鬱屈《うっくつ》の日々が長かったからこそ、一刻も早く解放されたい、愉悦の世界に飛びこみたいという本能のほうが強かったのである。

指先がブリーフの上縁に添えられ、布地がゆっくりと捲《まく》り下ろされる。

勃起がぶるんと弾《はじ》けだし、下腹を猛烈な勢いで打ちつける。

ペニスは根元から隆々と反り勃ち、胴体には血管が葉脈のように浮きでていた。

亀頭は極限にまで膨らみ、今にも張り裂けそうな状態だ。

すでに鬱血が始まっているのか、赤黒い肉棒のまがまがしさには、自分でも驚《きょう》愕《がく》するほどだった。

「ふふっ、すごい……先っぽがパンパン。タマタマもこんなに膨れあがっちゃって。エッチな汁が、たくさん詰まってそう」

「は、うっ」

指先で雁首をなぞりあげられただけで、ペニスがビクビクと頭を振る。

康介は内股《うちまた》をすり合わせ、早くも涙目で懇願した。

「お、お願い……ひ、紐《ひも》を外してください」

「外してほしいの？」

「は、はい。外してほしいです」

「どうしようかな？　ちゃんと約束は守ったみたいだから、外してあげたいんだけど、康介ちゃんの切なそうな顔、もっと見ていたい気もするし」

茉莉奈はそう言いながら、脱いだ上着をベッドに放り投げた。

生ぬるい体臭がふわりと立ちのぼり、まろやかなバストが眼前に突きだされる。

さらに若妻はブラウスの第一ボタンを外し、胸の谷間を露にさせた。

内にこもっていた汗と甘酸っぱいフェロモンが鼻先に漂い、中年男の交感神経をこれでもかと刺激した。

「もう少し我慢できる？」

茉莉奈は括《くび》れた腰に両拳をあてがい、口元に冷笑をたたえる。

ふんわりとした柔らかそうなバストも魅力だったが、スリムなラインから織りなす美脚がたまらない。

若い女性の美しいフォルムに、康介は目を虚《うつ》ろにさせた。

「はい、が、我慢します」

今や二人のあいだには、はっきりとした主従関係が成立している。

茉莉奈の言葉は絶対であり、拒絶することは許されない。

命令を下されるたびに被虐《ひぎゃく》心があおられ、ゾクゾクするような快美が背筋を這《は》いのぼった。

「いいわ。じゃ、ご褒美に私に触れさせてあげる。康介ちゃんは、私の身体のどこに興味があるのかな？」

康介は瞬《まばた》きもせずに、茉莉奈の身体を見つめた。

彼女の肢体で、興味のないところなどひとつもない。

頭のてっぺんから爪先《つまさき》、それこそ髪の毛の一本一本まで、すべてが愛《いと》おしいのだ。そのなかでも、康介のお気に入りはヒップと太腿《ふともも》だった。

スリムな体型ながらも、ふっくらとした柔肉は、やはり女の魅力をより感じさせる。

彼女出演のビデオを鑑賞している最中も、おそらく一番視線が注がれた箇所なのではないか。

「ヒ、ヒップと……太腿です」

「ふたつも？　贅沢《ぜいたく》なのね。まあ、いいわ。じゃ、まずはお尻からね」

茉莉奈が身体を反転させ、丸々と張りつめたヒップを向ける。

康介は目を見開き、その場で足踏みをするように、足下に絡まっていたズボンとブリーフを脱ぎ捨てた。

「好きにしていいから」

甘美な誘いに、夢遊病者のようにふらふらと近づいてしまう。

日中は上着の裾《すそ》に隠れて見えなかったが、タイト気味の白い布地はヒップの形状をくっきりと浮かびあがらせている。

屹立《きつりつ》を下腹に張りつけたまま、康介は桃尻の前で膝をついた。

(あ、ああ……茉莉奈くんのヒップが、私の目と鼻の先にあるんだ)

黒い靴下を履いただけの恰好《かっこう》は、傍目《はため》から見れば、さぞかし滑稽《こっけい》だったろう。

もちろん全神経は瑞々《みずみず》しいカーブを描く球体に注がれており、胸を甘く疼《うず》かせた康介は、生唾を飲みながら嗄《しわが》れた声で問いかけた。

「さ、触っても……いいですか？」

「いいわよ」

肩越しから答える茉莉奈が、涼しげな視線を投げかける。

まさに、女王様としての威厳に満ち溢《あふ》れた表情だ。

康介は顔をそっと近づけ、片頬をヒップに押しつけた。

尻朶《しりたぶ》は心地のいい弾力感に富み、力を込めたぶんだけ押し返してくる。

(や、柔らかいけど、ものすごい張りがある)

これが、二十代前半の女性の肌なのだ。

喜悦を覚えつつ、腰に両手をあてがえば、今度はウエストの細さに驚嘆した。

贅肉のいっさいない腰の括れがあるからこそ、ヒップのふくよかさがより強調されるのだろう。

康介は頬ずりをし、水蜜桃の感触を心ゆくまで堪能した。

幸福感と安息感にどっぷりと浸り、バラ色の愉悦に酔いしれる。

同時に海綿体にさらなる血流が注がれ、根元と玉袋がキリリと疼きだした。

(ああ、いい、気持ちいい)

神経が麻痺《まひ》しはじめたのか、もはや疼痛《とうつう》さえ媚薬《びやく》と化している。

康介の好奇心は、自然とスカートの奥に向けられた。

「ス、スカートを捲って……いいでしょうか？」

「見たいんでしょ？」

「み、見たいです！」

「いいわよ」

許可を受けるやいなや、鼻の穴を広げながらスカートをたくしあげていく。

(あ、はあぁぁぁっ！　ま、茉莉奈くんの生ヒップだっ!!)

総レース仕様のTバックショーツが露になると、康介は目を剝《む》き、心臓の鼓動を一気に跳ねあがらせた。

紐のように細い布地が臀裂《でんれつ》にぴっちりとはまりこみ、生白い双臀が剝きだしになっている。

康介は白陶磁器のようなヒップを手のひらで撫でまわし、まろやかな弾力感に陶然とした。

(もっちりとして、つきたての餅《もち》みたいだ)

なんて心地のいい感触なのか。

美脚と上向きヒップのコラボレーションがたまらない。

茉莉奈は相も変わらず、肩越しから中年男の姿をじっと見下ろしていた。

「誰が触っていいって言った？」

「あ、す、すみません」

慌てて退けば、可憐な女王様はニコリと笑う。そして、ベッドに腰掛け、颯爽《さっそう》と足を組んだ。

スカートがややずり上がり、むちっとした太腿が中途まで晒《さら》される。

「お尻の他にも、太腿が好きなんだっけ？」

「す、す、好きです」

今度は、量感たっぷりの内腿から目が離せない。

茉莉奈は焦《じ》らすように、少しずつ足を開いていき、中年男の性感をあおった。

（あ、ああっ、スカートの奥が見えそうだ）

Tバックショーツの前部分は、どうなっているのだろう。

本能の赴くままに頭を傾け、ベールの下に隠されたプライベートゾーンを覗《のぞ》きこむ。

内腿で揺れるうっすらとした脂肪は、なぜにこれほど男心をくすぐるのか。

目を据わらせた康介は、もう犬のような息継ぎをしていた。

全身が火の玉と化し、額に汗の粒が浮きあがる。

股の付け根を間近で見たい。

ショーツを引き下ろし、若妻の秘園を穴の開くほど凝視したい。

だが女王様の命令がなければ、触れることすら叶《かな》わないのだ。

茉莉奈は目をスッと細め、右足の爪先を眼前に伸ばした。

「いいわよ。太腿までは好きなようにして」

許可を得た康介は目をきらめかせ、しなやかな足にかぶりついた。

汗をたっぷりと含んだ足の裏を舐めまわし、指先から股のあいだを丁寧におしゃぶりする。

口の中に広がる酸味が生々しい香気となり、凄まじい喜悦を喚起させた。

間違いなく、茉莉奈は自身の幻想が作りだしたセクシードールなどではなく、生身の人間なのだ。

(しかも今は……自分だけの女王様だ)

康介は、爪先から脛《すね》の内側へと唇をすべらせていった。

もう片方の足も堪能したかったのだが、気持ちはすでに太腿、そしてスカートの奥に飛んでいる。

内腿沿いに舌を這わせると、マシュマロのような感触が唇に伝わった。

ふるふると揺れる柔肌の弾力が、心のハープを掻き鳴らす。

仄《ほの》かにしょっぱい汗を味わいながら、嗅覚《きゅうかく》に神経を集中させた康介は、一瞬にして脳幹に白い火花を散らせた。

股の奥から漂う湿った空気が、鼻腔《びこう》粘膜にねっとりとへばりつく。

蒸れた汗の匂いと熟成された牝《めす》のフェロモンが、ふしだらな媚臭となって、中枢神経をこれでもかと刺激した。

誘蛾灯《ゆうがとう》に誘われる羽虫のように、禁断の場所に顔を寄せていく。

女臭がより濃厚になり、全身の血液が煮え滾った。

（あ、ああ……あとちょっと、もうちょっとで茉莉奈くんのあそこに）

悩ましい暗がりに目を凝らした瞬間、汗でしっとりとした太腿が狭まり、両頬をキュッと挟みこんだ。

「また、おいたをする」

「ご、ごめんなさい」

「このワンちゃんは、躾《しつけ》がなってないみたいね」

言葉とは裏腹に、足にはそれほどの力は込められておらず、柔肉のクッションに気持ちが昂《たかぶ》る。

「私の許可なしに勝手なことをしたらだめだって、ちゃんと言ったでしょ？」

「は、はい」

「ふふっ、まあいいわ。時間はたっぷりとあるんだし、帰る頃には言いつけが守れるように、こってりと調教してあげる」

「は、はぁぁぁぁっ」

なんて、甘美な言葉を投げかけてくるのだろう。

完全にM奴隷へと貶《おとし》められた康介は、この世の春を満喫していた。

顔はだらしなく緩み、唇の端からは今にも涎《よだれ》がこぼれ落ちそうだ。

愉悦の波にたゆたうなか、茉莉奈はさっそく次の指示を出してきた。

「後ろを向いて」

「は？」

「そのまま、身体を反転させるの」

今度は、何をしようというのか。

できれば花園の芳香に噎《む》せていたかったのだが、もちろん拒否するわけにはいかない。

言われるがまま身体を転回させると、茉莉奈はしなやかな足を首筋に絡みつかせた。

「あ、うっ」

両足が胸のあたりで交差し、プロレスの絞め技のような体勢に取って代わる。

一瞬、息が詰まったものの、康介はすぐさま惚《ほう》けた表情に変わった。

首の後ろにあたっているふっくらとした膨らみは、まさしくヴィーナスの丘ではないのか。

ショーツの布地越しとはいえ、今、茉莉奈の恥部に接している。その事実に、康介は狂喜乱舞した。

彼女も、性的昂奮に衝《つ》き動かされているのかもしれない。

恥芯《ちしん》は熱を持ち、首筋にぬっくりとした湿り気を伝えた。

「気持ちいい？」

「あ、ああっ、き、気持ちいいです」

「ふふっ、もっともっと気持ちよくしてあげる」

「あ、くうっ！」

下腹部に炸裂《さくれつ》した快感に、康介は身悶《みもだ》えた。

いつの間にか股間にまで伸びた爪先が、勃起をまさぐりはじめたのである。

「すごい、康介ちゃんのおチ×チン。鉄の棒みたい」

「あ、ふわぁ」

足の裏でペニスを嬲《なぶ》られるたび、剛直が根元を支点に上下左右に跳ねまわる。

男の象徴は、自分でも驚くほどの屹立ぶりを示していた。

もちろん痛みはあったが、海綿体に注がれた血液が根元の枷で堰《せき》きとめられているため、萎靡《いび》する気配はまったく見せない。

さらに茉莉奈は爪先を器用に動かし、肉棹の側面や陰嚢《いんのう》に刺激を与えていった。

「あ、あ、あ、あおおおっ」

真っ赤に節くれだった怒張が疼き、ふたつの肉玉が顔を覗かせるように迫りあがる。

「おチ×チン、ものすごく熱いよ。根元から、ちぎれちゃいそう」

「あ、く、ぐうっ……イクっ……イッちゃいます」

足の裏で裏茎をこすりあげられると、康介はすかさず我慢の限界を訴えた。

それでなくても、ひと月近くの禁欲生活を強いられたのだ。

睾丸の中の精液は、射出に向けて怒濤《どとう》のように荒れ狂った。

足コキのスピードは緩むどころか、さらにピッチを上げてくる。

「出したいの？」

「出したい、出したいです！」

　金切り声を張りあげたとたん、桜貝のような親指が裏茎の芯をグッと押しこんだ。

「いいよ、イッてごらん」

「あ、イクっ、イクっ！」

　快感電流が背筋を這いのぼり、ピンクの靄《もや》が脳裏を埋め尽くす。ふっくらとした指腹が、今度は雁首をなぞりあげ、尿道口がぱくぱくと口を開く。

　まさに放出寸前、精液が輸精管になだれ込もうとした瞬間、康介は空気を切り裂くような悲鳴をあげた。

「ひ、ひぃいいいいっ！」

　紐に遮られたザーメンが、副睾丸に向かって逆流する。

　射精したくてもできないもどかしさは、まさに地獄のような苦しみで、身が八つ裂きにされそうな感覚だった。

「あう、あうぅぅっ」

　腰をよじり、唇を嚙《か》みしめた康介は、目尻に涙を溜《た》めた。

「ふふっ。おチ×チン、ひくひくしてる」

茉莉奈は含み笑いを洩《も》らし、首筋に絡めていた足をほどく。そして、打って変わって優しい口調で問いかけた。

「紐、外してほしい？」

「は、外して……ほしいです」

鼻をクスンと鳴らし、本音を告げれば、麗しの女王様は背後から康介の頭をかき抱いた。

「康介ちゃん、よく我慢したね。たっぷりと、ご褒美をあげるからね」

寸止めの苦痛が、瞬時にして恍惚《こうこつ》と幸福感に変わる。

心憎いばかりの飴《あめ》と鞭《むち》の使い分けに、脳みそが一瞬にして蕩《とろ》けた。

「立って、こっちを向いて」

いよいよ、男根を拘束しつづけていた枷が外されるのだ。

康介は喜びを噛みしめつつ、ふらふらとした足取りで立ちあがった。

勃起が、茉莉奈の眼前に突きだされる。

(そう言えば、前回は……ものすごいフェラチオをされたんだっけ)

ご褒美とは、再びバキュームフェラとお掃除フェラで精を抜いてくれるのだろうか。

期待に胸が弾み、肉棒が上下にわななないた。

「下半身に力を込めて」

「え？」

「紐を外した瞬間に射精されたら、つまらないもの」

冗談ではなく、本当に放出してしまうかもしれない。

康介はコクリと頷き、会陰をキュッと引き締めた。

茉莉奈はやや前屈みの姿勢で、節くれだった勃起に手を伸ばす。

「ちょっと痛いかもしれないけど、我慢してね」

「そ、そっと……お願いします」

結び目に指が触れただけで、錐《きり》で突き刺したかのような痛みが走り、康介は歯を食いしばりながら天井を見上げた。

「ぐっ、くううっ」

「う、んっと……結び目がほどけたわ」

「あ、つつっ」

紐が皮膚の中に食いこみ、凄まじい激痛が走る。

思わず腰を折ると、茉莉奈はキッと睨《にら》みつけた。

「我慢するの！」

「は、はいっ！」

怒声を浴びせられ、身を竦《すく》めながらも、全身が歓喜に打ち震える。

（三十二歳も年下の女の子から、ぞんざいな扱いを受けているのに、どうしてこんなに気持ちがいいんだ？）

ＳＭの奥深さには、つくづく驚異を感じてしまう。

いや、相手が茉莉奈だからだと、康介は思いなおした。

他の女に高圧的な態度をとられたら、たとえば律子のように、ただ不快な思いをするばかりだろう。

（私は……最初に会ったときから、茉莉奈くんを愛していたんだ）

自分のそばから離したくない一心で、無意識のうちに賢治をあてがおうとしたのではないか。

今は、はっきりとそう断言できた。

「ふふっ、康介ちゃん、見て。紐が外れたわよ」

股間を見下ろせば、ペニスの根元と陰嚢には青痣《あおあざ》がくっきりと刻まれている。

長いあいだ強く縛られていたため、牡の肉は鈍感になり、みるみるうちに萎《しぼ》んでいった。

茉莉奈が紐を床に投げ捨て、ベッドからゆっくりと立ちあがる。

羨望の眼差しで見つめるなか、可憐で美麗な女王様はスカートの下に両手を忍ばせた。

レースのショーツが、美脚の上をするするとすべり落ちていく。

(ま、まさか……!?)

彼女が与えるご褒美を頭に浮かべた瞬間、ペニスは再び天に向かって反り返っていった。

4

足首から抜き取ったショーツを、茉莉奈はまたもや床に放り投げ、ベッドの上に腰掛けた。

「奉仕したい？」

甘美な誘惑に、心臓が早鐘を打つ。

康介は喉をゴクリと鳴らし、猛禽類《もうきんるい》のような目を美女の下腹部に注いだ。

「し、したいです」

「シャワーも浴びてないんだよ。それでもいいの？」

シャワーなど浴びたら、茉莉奈の匂いがすべて洗い流されてしまう。

生々しい芳香をたっぷりと嗅《か》ぎまくり、若妻の恥芯を心ゆくまで味わいたい。

コクコクと頷くと、小悪魔女王様は目を細め、スカートをたくしあげながら両足を広げていった。

神秘の花園は布地の奥に隠れたまま、悩ましい暗がりに気持ちが逸る。

康介は床に這いつくばり、股の付け根を必死の形相で覗きこんだ。

破廉恥な行為に自己嫌悪はあるものの、牡の本能には逆らえない。

茉莉奈はほくそ笑み、スカートをさらにたくしあげた。

（あ、あ、あぁぁぁぁっ！）

モザイク越しでしか見られなかった女肉の造花が、目の前にさらけ出される。

くすみのいっさいない美しい秘肉に、康介は目を丸くした。

（な、何で……こんなにきれいなんだ？）

やや栗毛色の恥毛は逆三角形に刈り揃《そろ》えられ、楚々《そそ》とした薄い翳《かげ》りを作っている。ぷっくりとした恥丘の上に息づく二本の肉帯は、皺の一本もなく、艶々《つやつや》とした光沢を放っていた。

性体験が豊富そうな話はしていたが、簡素な縦筋、ベビーピンクの色合いを見た限り、清らかな百合の花を見ているようだった。

薄い肉の嵩《かさ》張りはぴったりと口を閉じ、陰核は恥裂の奥に潜んでいるのか、姿をまったく確認できない。

桃色のスジマン、ふんわりとした恥骨の膨らみを目にしているだけで、胸が締めつけられるように苦しくなる。

少女のようにデリケートな粘膜のフリル、神聖なつぼみに、康介はしばし惚けた顔つきをしていた。

決して触れてはいけない。そんな気を起こさせるも、股間の肉槍は節操なく首を振る。

秘裂の下方で甘蜜がキラリと光った瞬間、康介はみるみるうちに目を血走らせていった。

「お口で、たっぷりと奉仕させてあげる」

頭上から響く茉莉奈の声に背中を押され、四つん這いの体勢で、プライベートゾーンにゆっくりと近づいていく。

（あ、あぁ……ま、茉莉奈くんのおマ×コだ）

女王様の三角州には、生ぬるい熱気と湿り気が渦巻くようにこもっていた。

中年男を苛むあいだに性的昂奮をしていたのか、南国果実のような発情臭が鼻腔を突き、脳幹をじんじんと痺《しび》れさせる。

たっぷりと汗も掻いているのだろう。

秘めやかな恥肉はツンとした刺激臭の中に、クリーミーな芳香を含んでおり、嗅げば嗅ぐほど鼻の奥にまで粘りついた。

「さ、触っても……いいですか？」

「いいわよ、優しくね」

思えば、茉莉奈の秘芯を舐《ねぶ》りまわすAV男優たちを、どれだけ羨《うらや》み、どれほど妬《ねた》んだことだろう。

今は彼らの立場に取って代わり、自分だけが可憐な美女を独占しているのだ。

康介は満を持して、玲瓏《れいろう》な肉花に唇を寄せていった。

艶めいた肉帯を、ややためらいがちにテロンと舐めあげる。

「……ンっ」

かわいい喘《あえ》ぎ声が響き、太腿の柔肌がピクンと震えた。

合わせ目が微《かす》かに開き、ふしだらな媚臭がより濃厚になった。

舌の上にたっぷりの唾液を含ませ、無我夢中で吸いつけば、プルーンのような甘酸っぱさと仄かな塩気、そして苦味が口中に広がった。

（ま、茉莉奈くんのおマ×コの味だ！）

内腿に添えた指がめり込み、柔肌がしっとりと汗ばんでいく。

康介にとって、クンニリングスは初めての体験だった。

女の性感ポイントはよくわからなかったし、巧緻《こうち》を極めたテクニックなどあろうはずもない。

ただ本能の赴くまま、一心不乱に舌を跳ね躍らせるばかりだった。

茉莉奈の表情まではうかがい知れなかったが、少なからず快感は得ているようだ。

舐れば舐るほど、小陰唇が肥厚し、肉の綴《と》じ目がくぱぁと口を開いていく。

舌の上に粘っこい感触が広がると、康介は喜悦に身を震わせた。

（あ、愛液だ！　愛液が溢れてきてるんだっ!!）

間違いなく、茉莉奈も感じている。

拙い口戯でも、快楽を十分与えているのだ。

確信を得た康介は、舌をくねらせ、ハチドリの羽根のように上下させた。

舌先にあたる小さなしこりは、クリトリスだろうか。

いくら朴念仁とはいえ、陰核が快楽の一番の源だという知識ぐらいは持ち合わせている。

康介は、硬直した肉粒を集中的に責めたてた。

舌を乱舞させ、肉芽をあやし、茉莉奈を快楽の淵瀬《ふちせ》に追いこもうと、全身全霊を傾ける。

やがて鼠蹊部《そけいぶ》の過敏そうな肌が、小刻みなひくつきを見せはじめた。

彼女は声を出さないので、どれほど感じているのかわからない。それでも恥肉はこなれだし、とろみがかった粘液が口中を満たしていく。

指で膣口をくつろげれば、厚みを増した秘唇がほころび、白濁がかった蜜液がねっとりと糸を引いた。

（あ、あぁ……おマ×コの中が見える）

コーラルピンクの内粘膜は、まるでゼリーのように艶やかだ。

蜜壺《みつつぼ》の奥には濁り汁をまとった、これまたピンクの肉塊があわびのように蠢《うごめ》いていた。

生の女性器はインターネットで閲覧していたが、改めて目の当たりにすると、複雑怪奇な造りに息を呑んでしまう。

蜜口から溢れだした淫水を舌で掬《すく》い、じゅるじゅると啜《すす》りあげる。

酸味の強い新鮮果汁を胃に流しこんだあと、康介は再び頂点の尖《とが》りに吸いついた。

股の付け根の薄い皮膚は、先ほどよりも震えが増している。

「ンっ……ふっ」

微かな喘ぎ声が耳朶《じだ》を打つと、康介はようやく上目遣いに茉莉奈の表情を盗み見た。

彼女は瞼《まぶた》を閉じ、口元に右手を添えている。

目元はすっかり紅潮し、小高い胸の膨らみがゆったりと起伏していた。

(感じてる！　きっと感じてるんだ!!)

そう判断した康介は、鬼神が乗り移ったかのように陰核をいらった。

舌は痺れ、口の周りはだるくなっていたが、もはや気にしていられない。

舐め犬の化身とばかりに、舌先をくるくると回転させる。

額から滴り落ちる汗も何のその、ねちっこい奉仕を続けていると、茉莉奈のヒップが舌の動きに合わせるようにグラインドしはじめた。

うねうねとくねる腰つきの悩ましさに、昂奮のボルテージが上昇する。

舌に促された肉芽は包皮がすっかり剝きあがり、ボリューム溢れる存在感を見せつけた。

苛烈《かれつ》な口戯が功を奏したのか、肉びらは外側に捲れ、大陰唇のほうまで充血した状態だ。

(あ……あ、すごい……愛液がどろっと出てきた)

愛蜜をじゅっぱじゅっぱと啜り、無意識のうちに頬を窄《すぼ》めて、小粒な肉突起を吸いあげる。

「ひっ、いいいいっ」

次の瞬間、甲高い悲鳴が轟《とどろ》き、恥骨がクンと迫りあがった。

茉莉奈はベッドへ仰向けに倒れこみ、自ら乳房を揉《も》みしだきながら、白い喉を晒した。

「あ、康介ちゃん、だめっ、イクっ、イッちゃう、やあぁぁぁぁっ！」

しなやかな肉体がアーチ状に反り返り、まろやかな腰が前後にわなななく。

康介は舌先に渾身《こんしん》の力を込め、ピンピンにしこり勃った肉芽を掃き嬲った。

(イキそうなのか。絶対、絶対にイカせてやるぞ)

麗しの美女を絶頂に導くことが、自分に与えられた使命のごとく、口の周りを愛液と唾液まみれにしながら、クリトリスと恥肉を掘り起こすようにこねくりまわす。

(あああっ、なんてエッチなんだ!)

茉莉奈はヒップを揺すりまわし、まさに悩乱という表現がぴったりの淫らな姿をさらけ出していた。

大股をこれでもかと広げ、恥丘をツンツンと何度も浮かせる様は、『正統派美少女　イキっぱなし十連発』に出演していた梁川莉子の悶絶シーンにそっくりだ。

脳裏に刻まれた淫靡な光景がオーバーラップし、射精感を頂点にまで追いつめる。

ぐちょぐちょに緩んだ芯部に舌先を差し入れたとたん、茉莉奈はソプラノの嬌声を張りあげた。

「イクっ、イクっ、イックぅぅぅぅぅっ!」

肉の震えが舌を通してビリビリと伝わる。

汗でぬらついた肢体がバウンドした瞬間、康介もおびただしい量の精液を床に撒《ま》き散らしていた。


静寂と暗闇が、康介と茉莉奈を優しく包んでいた。

背中を向けて軽い寝息を立てている息子の嫁が、たまらなく愛しい。

康介は一糸まとわぬ裸体を後ろからそっと抱きしめ、肌から匂い立つ甘い体臭を胸いっぱいに吸いこんだ。

(昨日は朝早くから動きまわったし、やっぱり疲れていたんだろうな。接待では、ずいぶんと気もつかっていたし)

互いにシャワーを浴び終え、康介が浴室から戻ると、茉莉奈はすでに深い眠りについていた。

驚くほど華奢《きゃしゃ》な肩に、やはりか弱き女の子なのだと再認識してしまう。

康介は幸せだった。

このまま、時間よ止まれと願った。

丸二日間もいっしょにいられる機会など、もう二度と巡ってこないかもしれない。

（どうせなら、シングルの部屋じゃなくて、もっと豪勢な部屋で過ごしたいな。茉莉奈くんの喜ぶ顔も見たいし。明日の朝、フロントに聞いてみるか）

スイートルームでも、一泊ぐらいなら、ポケットマネーでまかなえるだろう。

ホテル内の高級レストランから出前をとり、大きな風呂にゆったりと浸かり、そのあとは……。

いつの間にか、ペニスは硬い強《こわ》ばりと化していた。

つい一時間ほど前に大放出したばかりだというのに、信じられない回復ぶりだ。

（それにしても……まさか、クンニをしているだけで射精してしまうとは）

床にぶちまけたザーメンはティッシュで拭《ぬぐ》い取ったが、室内にはいまだに精液臭が漂っている。

正気に戻った茉莉奈の、蔑《さげす》みの眼差しが忘れられない。

それでも康介は、小悪魔女王様とのＳＭプレイに満足はしていなかった。

アダルトビデオの中の彼女は、もっと過激な行為で男を苛んでいたのである。

二人のあいだには義理の親子という、決して犯してはならない倫理が存在している。

茉莉奈にはまだ遠慮している節があり、完全に理性を捨てきれないぎこちなさが互いにあることは、どうしても否定できなかった。

（嫁に来てから、まだ三カ月しか経ってないのに、こんな間柄になってしまったんだ。無理も……ないか）

今日一日で、心を縛りつける堅固な鎧《よろい》を脱がせたい。

康介は、部屋の隅に置かれているバッグに目を向けた。

明日の今頃は、茉莉奈との関係に心の底から心酔し、快楽の奴隷になっているはず。そのきっかけとなる代物が、バッグの中に潜んでいるのだ。

淫靡な光景を脳裏に浮かべつつ、康介もいつしか泥のように眠っていた。

第五章　汗と吐息にまみれた密室

1

翌朝、康介はフロントに連絡し、ジュニアスイートルームをリザーブした。

平日ということもあり、比較的すんなりと予約できたのは運がよかった。

「康介ちゃんの部屋と、私の部屋はどうするの？」

モーニングサービスを食しながら、茉莉奈がやや心配そうに問いかける。

「会社の経費で落とすわけだし、このままにしておくよ。二泊分の領収書の明細が一泊分だったら、経理の人間に変に思われちゃうしね」

「別に、この部屋でもよかったのに」

黒目がちの瞳でキッと睨まれただけで、鼻の下が伸びてしまう。

「まあ、いいじゃないか。チェックインは午前十時。食事を済ませたら、荷物だけ持って移ればいいんだから」

「荷物って……ベッドの脇にあるやつ？」

「え？　あ、ああ、うん」

「いったい、何が入ってるのかな？」

茉莉奈の謎めいた微笑に、康介は軽い咳払いで返した。

「昨日、あんなにたっぷりと出したのに、もう我慢できないの？」

「いや、それは……」

彼女の言うとおり、食事中だというのに、下腹部は悶々としている。

どうやらひと月近くの禁欲生活は、獣のような性欲を溜めこませたようだ。

一度きりの放出では、とても満足できそうになかった。

いい歳をした中年男が、何ともみっともない。

照れ隠しとばかりに、康介はある提案をもちかけた。

「そ、そうだ。このホテルの十二階には、温水プールがあるみたいだよ。午前中は、そこでのんびりと過ごすっていうのはどうかな？」

「え？　だって、水着なんか持ってきてないよ」

「地下に、ブティックがあったじゃないか。きっと、水着も売っているはずだよ」

「うんっ、行くっ！」

茉莉奈が満面の笑みを見せる。

他の男たちに彼女の水着姿を見せるのは癪《しゃく》だったが、時間はまだまだたっぷりとあるのだ。

一日中部屋に閉じこもるより、気分転換を兼ね、英気を養うほうが得策だろう。

そのあとに訪れる甘美なひとときに思いを馳《は》せつつ、康介はブラックコーヒーをひと口啜り、逸る気持ちを無理にでも抑えた。


午前中のプールは、家族連れと若いカップルがひと組ずついるだけで、ほぼ貸し切り状態に近かった。

白いビキニに身を包んだ茉莉奈は、若鮎《わかあゆ》のようにピチピチした肢体を惜しげもなく晒している。

なめらかなボディライン、はち切れそうな肌の張りがあまりにも眩《まぶ》しく、康介はまともに彼女の身体を見ることができなかった。

ビーチチェアに寝転び、サンルーフから注ぎこむ緩やかな日射しを浴びていると、生き返ったような気持ちになる。

明日からまた慌ただしい生活が始まると考えただけで、漠然とした寂寥《せきりょう》感が込みあげた。

茉莉奈も同じ思いなのか、ほとんど泳がず、となりのチェアに横たわっている。

いきなり義両親との同居で、やはり気疲れはあったのかもしれない。

東京に戻っても、自分が彼女の防波堤になってやらねばと、康介は心に固く誓った。

（夢はいつか覚めるものだけど、茉莉奈くんが賢治の妻である限り、彼女との秘密の関係も永遠に続くはずだよな。歳を取って、私の性欲が尽きるまでは……）

それだけでも救われる思いだったが、心の片隅に渦巻くどす黒い気持ちは何なのだろう。

律子や賢治に知られたときの恐怖心か、単なる老いに対する不安なのか。

康介は懸念材料を、頭から無理やり追い払った。

「茉莉奈くん」

「……ンっ」

「お腹は空かないかね？」

「あ……もうお昼なんだ」

茉莉奈がうっすらと目を開け、身を起こす。

丸々と張りつめたバストがふるんと震え、瞬時にして情欲の導火線に火をともらせた。

「よく眠っていたね。展望レストランで昼食をとってから、部屋に戻らない？この時間なら、予約した部屋もチェックインできるし」

「ンぅぅっ、ホントによく寝た。おかげで体調はばっちり。ふふっ、今日は徹夜でも大丈夫かも」

「え？」

意味深な言葉にそわそわしだすと、茉莉奈は冷ややかな視線を向けてくる。

「康介ちゃん、もう我慢できないんだ？」

「い、いや……そんなこと」

「もう半勃起してるんじゃない？」

花びらのような唇のあわいから、はしたない淫語が飛びだしただけで、海綿体を熱い血液が満たしていく。

康介の逸物は、海水パンツの下で早くも体積を増していった。

2

昼食を済ませた康介は、フロントでジュニアスイートルームのカードキーを受け取り、茉莉奈とともに部屋に向かった。

禁断の関係、第二章の幕開けに胸が騒ぐ。

エレベーターの中で、可憐な小悪魔女王様は、ボストンバッグに好奇の眼差しを注いだ。

「そのバッグの中、いよいよ見られるんだね」

「う、うん」

康介のプレゼントを、彼女は果たして喜んでくれるのだろうか。

妙な緊張感が身を包み、足が小刻みに震えてしまう。

自分たちはこれから何のわだかまりもない、完全無欠の主従関係を結ぶのだ。

そのきっかけを作ってくれる代物が、バッグの中に仕込まれている。

もちろん少なからず羞恥心はあったが、もはや後戻りをする気はさらさらない。

エレベーターが十八階に到着すると、康介の緊張は最高潮に達した。

「やっぱり、ひとつひとつのお部屋が大きいんだね。私たちが泊まっていた階より、扉の数が少ないもの。康介ちゃんは、スイートルームに泊まったことあるの？」

「う、うん、あるよ。ここのホテルじゃないけど……。あ、あそこの部屋だ」

目的の部屋は、エレベーターのすぐそばにあった。

今から、この室内で茉莉奈との蜜月を深めるのだ。

扉を開けると、緊張した康介とは対照的に、若妻は子供のように目を輝かせた。

「うわっ、すごいお部屋！」

真正面に位置するリビングは、およそ四十畳近くあるだろうか。

左側面にはいかにも高級そうなソファセット、中央には木目調の重厚なテーブルと椅子が置かれ、右側面にはミニバーまで設置されている。

ルーム内は窓が並んだ造りで、窓越しに広がる都会の眺望を楽しめそうだ。

「このお部屋、どこまで続いてるの!?」

茉莉奈は声を上ずらせ、軽やかな足取りでリビングを回りこんだ。

扉の向こう側にはベッドルームがあり、暖色系のカーテンと絨毯《じゅうたん》が落ち着いた雰囲気を醸しだしている。

さらに扉の奥には、ウォークインクローゼットや大理石とモザイク造りのバスルームが配置されていた。

「お風呂も大きくてきれい。ジャグジーまであるよ」

スタンダードルームの三倍の広さを誇る室内は、心からくつろげる間取りで、まさにエグゼクティブルームとしてふさわしい造りの客室だった。

特別なひとときを過ごすには、優雅で贅沢な空間だ。

茉莉奈はよほどうれしかったのか、こぼれるような笑みを見せていた。

彼女の喜ぶ顔を見られただけでも、スイートルームをリザーブした甲斐《かい》があるというものだ。

「昨日泊まった部屋と比べると、落ち着いた時間の流れを感じられるね」

平静を装いながらも、股間には熱い欲望が渦巻いている。

そんな康介の心の内を知ってか知らずか、茉莉奈は振り向きざま、ひしと抱きついてきた。

「あ……ちょっ」

「康介ちゃん、ありがと。こんないいお部屋をとってくれて」

「い、いや、そ、そんな、お礼を言われるほどのことでもないから」

瑞々しい肉体の感触に、全身がカッと火照《ほて》り、一瞬にして腋《わき》の下が汗ばむ。

ふくよかな身体をギューギューと押しつけられるたびに、股間の肉槍はますます膨張していった。

「……お腹にあたってる」

「え？」

「硬いのがあたってるよ」

「あ、くうっ」

茉莉奈は胸に顔を埋《うず》めながら、右手で牡の膨らみを撫でまわしてくる。

思わず腰を引けば、指はズボンの上から絡みつくように巻きついた。

「お部屋だけじゃなくて、こっちもすごい……コチコチだよ」

「ああ、茉莉奈くん……も、もう」

「もう何？」

優美な若妻は顔をスッと離し、上目遣いにコケティッシュな表情を見せる。

クリッとした目、ミカンのひと房のようなリップに、康介は猛烈な淫情を込みあげさせた。

(はあっ、かわいい、かわいすぎる!!)

本能の命ずるまま、唇を近づければ、茉莉奈は片手で遮る。そして甘く睨みつけながら、上唇を尖らせた。

「また勝手なことをする。誰が、そんなことをしていいって言った？」

「あ、でも、でも……」

「口答えは、いっさい禁止。これからは射精はもちろん、勃起も許可制にするからね」

「は、はあぁぁっ」

美しき女王様の命令が、胸の奥を甘く引っ掻く。

背中をゾクゾクさせた康介は、早くも荒い息を放っていた。

「プ、プレゼントがあるんだ」

気持ちが浮つき、舌がうまく回らない。

「あのバッグの中身が見られるんだ？」

「うんっ」

「じゃ、寝室に戻ろう」

手首を摑《つか》まれただけで、幸福感に身が震えてしまう。

浴室からベッドルームに取って返すと、康介はすぐさまボストンバッグに駆け寄り、息を弾ませながらチャックを開けた。

中から取りだした代物は、女王様にとってはなくてはならないアイテム、ボディスーツだった。

もちろん色は茉莉奈の好きなピンク、しかも目に映えるショッキングピンクだ。エナメル製の布地は腰まで切れこんだハイレグ仕様で、悩ましい光沢を放っている。

さらにバッグからロンググローブとロングブーツを取りだすと、茉莉奈は一瞬ぽかんとしたあと、黒曜石のような瞳をきらめかせた。

「スーツばかりか、グローブやブーツまでピンクだなんて、よく見つけたね」

「ネットで、ずいぶんと探したんだよ」

「ふふっ、これを私に着てほしいんだ？」

「う、うん……できれば」

「まだ、バッグの中に何か入ってるみたいだけど……」

「あ、これは……」

「見せて」

可憐な女王様はバッグを引ったくり、中を覗きこむ。そして、瞳に水銀のような鈍い光を宿らせた。

「ふうん……そういうこと」

「あ、あの……」

あまりの恥ずかしさで、穴があったら入りたくなる。

思わず目を伏せたとたん、茉莉奈は一転して凛《りん》とした顔つきに変わった。

「着替えるから、お部屋から出て。用意ができたら、呼ぶから」

「あ……うん」

「服は全部脱いで、裸になること。いい？」

「は、はい、わかりました」

そそくさとベッドルームをあとにし、後ろ手でドアを静かに閉じる。

深呼吸を繰り返すも、動悸はまったくおさまらない。

ついに、女王様ビデオのシーンを本格的に再現する瞬間がやってきたのだ。

（あぁ、胸のドキドキが止まらない）

康介は指示されたとおり、シャツを脱ぎ捨て、ズボンをブリーフごと引き下ろした。

ビンビンに反り勃つ牡の肉は、稲光を走らせたような静脈が何本も浮きあがり、張りつめた亀頭は真っ赤に染まっていた。

期待と昂奮に膝が震え、気持ちが少しも鎮まらない。

全裸になった康介は、檻の中の熊のようにリビングを歩きまわった。

今頃、茉莉奈はセクシースーツに身を包んでいるはずだ。

想像しただけで、ペニスの芯がズキンと疼いた。

待っている時間が、とてつもなく長く感じられる。

彼女はどんな姿を見せ、どのような行為で辱めてくれるのか。

妄想は無限大に広がり、背徳の愉楽に全身が粟立《あわだ》った。

（……まだか、まだなのか）

身体にジャストフィットする素材だけに、支度に時間がかかるのは仕方ないが、わかっていても待ちきれない。

下腹にべったりと張りついた肉棹も、今か今かとわななないていた。

「いいよ」

ベッドルームから涼しげな声が聞こえ、生唾を飲みこむ。

康介は股間を両手で隠しながら、やや早足で扉に近づいていった。

（はあっ、ついにこの瞬間がきたんだ）

ビデオの中のＭ男役を、これから自分が演じることになるのだ。

「し、失礼します」

息を大きく吐きだし、気持ちを落ち着けてからドアノブを回す。

扉が開くと同時に、茉莉奈の女王様姿が視界に入った。

「お、おうっ」

ショッキングピンクのスーツに身を包んだ彼女は、神々しいほどの輝きを放っていた。

エナメルの素材がしなやかな肢体にぴっちりと張りつき、なめらかなボディラインをより際立たせている。

中央に仲良く寄り添った乳房は、くっきりとした谷間を刻み、スーツの上縁から今にもこぼれ落ちそうに弾み揺らいでいた。

括れたウエストもさることながら、腰周りからむちっとした太腿への美麗なラインがたまらない。

やはり一番目を惹《ひ》いたのは、見るからに柔らかそうなヴィーナスの丘だった。

布地が股の付け根にこれでもかと食いこみ、中心部がこんもりとした盛りあがりを見せている。

鼠蹊部の生白い肌、プライベートゾーンを覆い隠すように迫りあがる内腿の柔肉。そして美しいY字ラインが、男の欲情を苛烈にそそらせた。

茉莉奈は腰に手をあて、仁王立ちしている。

手足が長いだけに、ロンググローブとロングブーツがよく似合っていた。

ただうっとりとした表情で見つめるなか、康介の驚きはこれだけにとどまらなかった。

優美な新妻は姿恰好ばかりでなく、顔も変貌を遂げていたのである。

濃いめのアイシャドーで目尻を吊《つ》りあげ、唇にはグロス入りのピンクのルージュが引かれている。

唇の輪郭からややはみ出した紅は、蛍光灯の光を反射して艶めき、息を吞むほどのエロチシズムを放っていた。

時間がかかっていたのは、メイクをしていたからなのだ。

ビデオの中の女王様が、憧《あこが》れの君が、今自分の目の前に佇《たたず》んでいる。

「いつまで、ボーッと突っ立っているつもり？」

「あ……あぁっ」

茉莉奈の言葉を受け、我に返った康介は、ごく自然に跪《ひざまず》き、額を絨毯の上にこすりつけた。

「じょ、女王様。ご調教のほど、よろしくお願いいたします」

気持ちは、すっかりM男になりきっている。

肉棒は根元からもっこりと突きだし、宝冠部は狂おしげにビクビクと頭を振っていた。

3

茉莉奈がゆっくりと近づいてくる。

ロングブーツの爪先が視界に入っただけで、愉悦の波が押し寄せ、全身が恍惚に打ち震えた。

「顔を上げて」

ゆっくりと身を起こせば、茉莉奈の下腹部が圧倒的な迫力で差し迫る。

絶対領域の太腿、ボディスーツの両脇から覗く鼠蹊部。思わず、むしゃぶりつきたくなるほどのふっくらさとなまめかしさだ。

今の康介は、まさに法悦境のど真ん中に位置していた。

「まだ何もしてないのに、おチ×チン、こんなに大きくさせて。言ったはずだよね、勃起は許可制だって」

「あ、はぁぁっ」

裏茎を爪先でツツッと撫であげられ、続いてブーツの裏でギュッギュッと押しこまれる。

おちょぼ口に開いた尿道口から、先走りの液がじわっと滲《にじ》みだした。

「あらあら。康介ちゃん、何これ？」

「は、ふうぅぅっ」

羞恥責めに、腰が自然とくねってしまう。

情欲が深奥部で渦巻き、理性が瞬時にして弾け飛ぶ。

「あ、ああっ、じょ、女王様っ！」

下肢にすがりつこうとする手を、茉莉奈は振り払った。

「また勝手なことをする。そんなに、お仕置きしてほしいの？」

「し、してください！　たっぷりとお仕置きしてください!!」

「そう、わかった。変な気持ちを起こさないよう、いやらしいミルク、一滴残らず搾り取るからね」

なんて淫靡な言葉を投げかけてくるのだろう。

睾丸が吊りあがり、欲望のマグマが深奥部で荒れ狂う。

射精感に衝き動かされた康介は、女の子のように内腿をこすり合わせた。

「あ……あ、イクっ……イッちゃいそう」

「だめっ！　射精も許可制だって言ったでしょ！　こんなんでイッたら許さないから!!」

キッとねめつける眼差しが、欲情のほむらに油を注ぐ。

愛くるしい女王様の凜とした姿、そして厳しい言葉は、どんな高価な媚薬も敵《かな》わない。

「目を閉じて、お腹に力を入れて」

康介は目を伏せ、歯を食いしばりながら必死の自制を試みた。

考えてみれば、ひと月近く禁欲したにもかかわらず、昨夜は一回しか放出していないのだ。

副睾丸には、まだ大量の精液が残っているに違いない。

牡の証《あかし》は怒濤のごとくうねりくねり、発射の瞬間を今か今かと待ちわびているようだった。

「はあぁぁっ」

息を大きく吐きだすと、気持ちがやや落ち着いてくる。

いくら時間の制限がないとはいえ、茉莉奈とのプレイは始まったばかり。えも言われぬ快感を、もっと長く味わっていたかった。

「我慢できそう？」

「は、はい……何とか」

「ホントかな？」

小悪魔女王様が、口元に悪戯《いたずら》っぽい笑みを浮かべる。

いつの間にか、彼女はローズピンクの布地を手にしていた。

（な、何だ……ひょっ、ひょっとして⁉）

紐のような細い布きれは、間違いなくセクシーショーツだった。

余計な装飾が施されていない、シンプルなTバック仕様に、再び心臓の鼓動が跳ねあがる。

茉莉奈はショーツを目の高さに掲げ、両手で上縁をゆっくりと広げた。

「このパンティ、朝から穿《は》いてるの。半日しか経ってないから、匂いはそんなに沁《し》みこんでないかな？」

「あ、あ、あぁ……」

目をとろんとさせるなか、女王様は覆面レスラーのマスクのように、ショーツを康介の頭から被《かぶ》せていく。

三角形の小さな股布が鼻先を包みこんだ瞬間、青白い稲妻が脳天を貫いた。

（ま、茉莉奈くんのおマ×コの匂いだ！）

生ぬるい体温、控えめな湿り気、甘酸っぱい残り香。秘めやかなフレグランスが鼻腔に忍びこみ、嗅覚をこれでもかとくすぐる。

ペニスがひとまわり膨張し、さらに頑健な肉刀と化した。

雁首は横に張りだし、針金を巻きつけたような静脈が無数に浮きあがる。

性的昂奮がまたもやレッドゾーンに飛びこみ、欲望のほむらが燃えさかった。

「パンティぐらいじゃ物足りない？」

不満などあろうものか。

茉莉奈が、つい先ほどまで穿いていた生下着なのである。

クロッチには汗の匂いと尿臭に混じり、柑橘系の芳香がこもっている。

交感神経を麻痺させた康介は、無意識のうちに心の内を吐露した。

「そんなことはありません！　い、いい匂いです！　やっぱり、茉莉奈女王様のパンティは最高です!!」

優美な女王様は素に戻り、眉《まゆ》を顰《ひそ》める。そして、訝《いぶか》しみの表情で口を開いた。

「やっぱりって……何？」

しまったと思っても、あとの祭り。

康介は挙動不審者のように、目を左右に泳がせた。

「ねえ、やっぱりって、どういうこと？」

「あ、あの……それは、つまり……はうっ！」

茉莉奈は腰を落としざま、右手でふたつの睾丸を鷲摑み、手のひらの中でグリグリとこねまわす。

股間全体に不快な鈍痛感が広がり、康介は口元を歪ませながら腰を震わせた。

「正直に言わないと、大切なところ、握りつぶしちゃうよ」

「言います！　言います!!」

肉玉から手が離れ、ホッとしたのも束《つか》の間、背中に冷たい汗が流れる。

パンティを洗濯機の中から盗み取り、欲望の限りを尽くしたことを包み隠さず話すべきか。

茉莉奈は眉尻を吊りあげ、突き刺すような視線を投げかけている。

恐怖心は少なからずあったものの、キッと睨まれただけで愉悦を感じてしまうのだから、今の康介は完全にマゾヒストの領域に足を踏み入れていた。

「そ、その……実は一度だけ、パンティを盗んだことがありまして」

「いつ？」

尖った眼差しが身を射抜き、心を妖《あや》しくざわつかせる。

憤慨した表情も、狂おしいほど愛くるしい。

もっと怒らせたい、そして刺激的なお仕置きを受けたいという欲望が込みあげ、康介はたどたどしい口調で自らの悪行を告白した。

「ど、同居しはじめてから……一カ月後ぐらいです。洗濯機の中から盗んで、脱衣場で……あの、その……」

「脱衣場で、何？」

「オ、オナニーをしました！」

「ふうん、全然気づかなかった」

「洗って、元に戻しておきましたから」

「洗って？」

「あ、いや、そ、その……あくぅぅっ！」

右手が再び睾丸を握りこみ、強い力で上下左右に転がされる。

「私のパンティで、何をしたの!?　ちゃんと言わないと、ホントに潰《つぶ》しちゃうからっ!!」

「全部、全部、言いますぅぅぅっ！」

ここまで来たら、ごまかすことはできそうにない。

康介は脂汗を垂らしながら、自らの破廉恥行為をぶちまけた。

「パ、パンティを捲りあげて、鼻を押しつけて、匂いを嗅ぎました！」

「それから？」

「そ、それから……あの……」

「匂いを嗅いだだけじゃ、洗わないよね？」

「あ、ふぅぅぅっ」

肉玉をもてあそぶ指に、さらなる力が込められる。

「は、は、穿きました！　女王様のパンティを穿いて、そのまま射精してしまいました！　も、申し訳ありませんっ!!」

「なるほどね、それで汚れを洗い落としたんだ。他には？」

「あ、ありません！　それで全部ですぅぅぅっ！」

金切り声を轟かせると、股間から手が離れ、康介はようやく安堵の溜め息を放った。

「いやらしい……変態だよね。息子の嫁のパンティを盗んで、匂いを嗅いだばかりか、身に着けるなんて」

「そ、そうです。私は……すごい変態なんです」

Tバックショーツを頭から被り、全裸で反省する姿は滑稽なこと極まりない。

茉莉奈は腰を上げ、真上からことさら冷めた口調でなじった。

「会社では実直で真面目、家ではいい父親の顔を見せていて、私のおマ×コを押しつけていた箇所に、汚いスケベ汁をたくさん出したんだ？」

「だ、だ、出しました！　たっぷりと、たくさん放出しました!!」

「立って」

「は？　は、はい」

よろよろと立ちあがると、今度は指先で亀頭をグリグリとこねまわされる。

鈴割れから大量の先走りが溢れだし、床に向かってつららのように滴った。

「このおチ×チンがいけないんだよね」

「はあぁぁぁぁっ」

「ほら、またいやらしい我慢汁が垂れてる」

「ご、ごめんなさい！　ごめんなさいっ!!　ひ、うっ!?」

手のひらが、ペニスの側面をペチンと叩いた。

「いけないおチ×チンには、どんなお仕置きがいいかな？」

茉莉奈は一転して微笑をたたえ、左右の手で交互に剛直をはたいていく。

力は決して込められていない。

適度な振動が心地いい感触を生みだし、康介は心の思うまま、恍惚の顔つきで悦の声をあげた。

「あ、あああぁっ……き、気持ちいい」

「そう、そんなに気持ちがいいの」

女王様の目つきがまたもや鋭さを増し、高々と振りあげた手が空気を切り裂く。

ピシャーッという乾いた音とともに、錐で突かれたような痛みが肉棒に走った。

「あ、ひっ！」

「こんなひどいことされてるのに、チ×チン勃起させて！　変態っ!!」

「は、はうっ！」

ペニスへの凄まじい往復ビンタが、これでもかと繰り返される。

康介は涙目になったものの、牡の象徴は萎《な》えるどころか、ますます強ばっていった。

信じられないことに、痛みが徐々に快感に変わり、脳髄をどろどろに蕩かしていったのである。

愛くるしい美女に恥部をいたぶられているという状況が、苛烈な昂奮を促したのかもしれない。

手のひらが翻るたびに、パシーンパシーンという打音が室内に反響し、牡の欲望が分水嶺《ぶんすいれい》を超えて溢れだしていく。

「あっ、ひゃっ、ふうっ、くふぁぁあっ！」

奇妙な呻《うめ》き声を発する一方で、射精感は揺るぎなく上昇し、限界ギリギリまで押しあげられた。

色とりどりの閃光《せんこう》が頭の中を駆け巡る。

五感が痺れ、快楽の衝撃波が股間を直撃する。

ひと際強烈な張り手が剛直に振り下ろされた瞬間、康介は尿道口から大量の白濁液をほとばしらせていた。

4

その日の夜、二人は部屋で早めの夕食をとった。

ホテル内の高級レストランに注文し、運ばれてきた料理は、康介がバスローブ姿で受け取った。

蜜月の時間は、誰にも邪魔されたくない。

このまま明日のチェックアウトまで、己の体力が続く限り、快楽の宴にいそしむつもりだった。

時刻は午後六時半。茉莉奈はリビングのテーブル席に座り、康介は彼女の真横に全裸で跪いていた。

ピンクの首輪から伸びた鎖は、椅子の桟に括《くく》りつけられている。

もちろん、康介が用意したアダルトグッズだ。

許可なしに射精してしまったことから、女王様は正座状態での反省を促した。

テーブルにはシャンパンとワインの他に、料理が冷めないよう、バイキング料理などでよく見られるチェーフィングという金属製の保温器具、スープポットが置かれてる。

サラダボウルの下にあるのは、オードブルだろうか。

腹の虫が鳴いても、女王様の許可がなければ食べられない。

今の康介は恰好ばかりでなく、まさにお預けを食らった犬と同じだった。

茉莉奈は足を組み、アイスバケットから取りだしたシャンパンの栓を抜く。

黄金色の液体がグラスに注がれ、康介は物欲しそうに喉を鳴らした。

過激な女王様プレイの最中は、体温が急上昇し、汗をたっぷりと掻いた。

喉はカラカラの状態だったが、床に撒き散らした精液の後処理をしたため、水分補給をする暇もなかったのである。

よく冷えたシャンパンを、茉莉奈はさもおいしそうに飲み干す。そして酷薄の笑みを向けてきた。

「康介ちゃんもほしい？」

「ほ、ほしいです」

今や息子の嫁は、女王様然とした威厳を放っている。それでも、康介の心の片隅には一抹の不安が渦巻いていた。

茉莉奈は無理をして、自分に合わせているのではないか。

本当は、女王様の演技をしているだけなのではないか。

(今さら、考えたところでしょうがない。私には、この方法しかないんだから)

セックスに自信がある男なら、様々なテクニックで女をメロメロにすることもできるだろう。

だが女性経験は女房一人、朴念仁の中年男にそんな甲斐性は微塵《みじん》もなかった。

この出張中に、茉莉奈との絆《きずな》を何としてでも深めたい。

できるものなら、首輪の鎖で彼女の心を繋《つな》ぎとめたかった。

哀願の目つきで見上げれば、可憐な美女が宝石のような瞳を輝かせる。

「そんなに喉が渇いてるの？」

「は、はい」

「仕方ないわ。じゃ、飲ませてあげる」

茉莉奈はそう言いながら、なぜか椅子から立ちあがり、ことさら冷ややかな笑みをたたえた。

グローブ越しのしなやかな右手が、自身の股間にゆっくりと伸びていく。

エナメル製のボディスーツは、下腹の中心部から股の付け根に向かって開閉できる作りになっていた。

茉莉奈はチャックをつまみ、ジジッと引き下ろしていく。

(ま、まさか……!?)

康介は目をきらめかせ、期待感に胸を膨らませた。

スーツの布地が真っ二つに割れ、あいだから生白い肌、慎ましく生えた恥毛が微かに覗く。

小悪魔女王様はいったん手を離し、今度はお尻のほうからチャックを引っ張りあげていった。

「ふふっ、全開にさせちゃった」

くるりと身体を反転させれば、臀裂がさらけ出されている。

ぱっくりと開いた股布は、もはや無防備状態で、むちっとした太腿に挟まれた三角地帯を惜しげもなく晒していた。

全裸よりも、異様に昂奮するのはなぜなのだろう。

これが、フェチシズムというものなのか。

康介は舌を突きだし、ハッハッと犬のような息を吐いた。

「口を開けて。おいしいシャンパンを、たっぷりと飲ませてあげる」

茉莉奈の言葉が心臓を抉《えぐ》り、甘い戦慄《せんりつ》が背筋を這いのぼる。

海綿体に大量の血液がなだれ込み、全身の細胞が歓喜に打ち震える。

(せ、聖水だ！　聖水を飲めるんだ‼)

康介は居住まいを正し、厳かな儀式に気持ちを昂らせた。

愛しい女性の分泌液を、体内に受けいれられようとは。なんという幸福感、なんという至福のときなのか。

茉莉奈が一歩進み、これ見よがしに大股を開いていく。

艶々とした陰唇の美しさに目を奪われながらも、康介の全神経は中心部の一点に注がれていた。

両手で大陰唇が広げられ、膣口が剝きだしになる。

コーラルピンクの内粘膜が露になるとともに、絞りたてのレモンのような香りが鼻先に漂った。

観音開きの恥裂は、まさに神々しい輝きを放っている。

ティアドロップ形の窪《くぼ》みの上部には、肉の垂れ幕があり、中心部にはタコの吸盤のような小さな穴がひくつきを見せていた。

「一滴残らず、飲むんだからね。こぼしたら、またお仕置きだから」

「は、はいぃぃっ！」

裏返った声で答え、嬉々《きき》とした顔つきで身を乗りだす。

あんぐりと口を開ければ、恥骨がグイッと迫りだされ、康介は今か今かとそのときを待った。

「あ、出る、出るよ」

「うぷっ」

シュッという音とともに、一直線に放たれた湯ばりが鼻面から頬を打ちつける。

美女のシャンパン水はすぐさま軌道修正し、康介の口腔に注ぎこまれていった。

（あ、ああっ……茉莉奈くんのおしっこ！　おしっこを飲んでいるんだ）

コポコポと軽やかな音を立て、黄金水が口の中を満たしていく。

匂いや味は、それほど強くない。

まるで、ぬるいお茶を飲んでいるようだ。

少量ずつ胃の中に流しこむなか、股間の肉槍はグングンと体積を増していった。

聖水拝受というシチュエーションが、多大な昂奮を喚起させる。

熱い刻印が五臓六腑《ごぞうろっぷ》に染みわたると同時に、茉莉奈との絆がまた一歩深まったような気がした。

「ほら、こぼれてる」

「あ、ふぅぅっ」

小水の勢いは、まったく衰えない。それどころか、一気に量が増し、持てあました雫《しずく》が口唇の端からこぼれ落ちた。

「言うことを聞かない、ホントにだめなお犬ちゃんね。罰として、たっぷりとかけてあげる」

茉莉奈は腰をしゃくり、聖水を頭から顔面に向かって浴びせかけた。

「あぶっ！」

琥珀《こはく》色の液体が顎を伝って、身体に滴り落ちていく。

人間としての尊厳はもちろん、男としてのプライドやこれまで築きあげてきた社会的地位も、一瞬にして消え失せる瞬間だ。

それでも頭の中が真っ白になるような愉悦に、康介はこの世の幸せを噛みしめていた。

茉莉奈が過激な行為を見せれば見せるほど、一体感がより強まり、彼女の愛情をひしひしと感じてしまう。

聖水はまさしく、マーキング代わりの熱い洗礼だと言っても過言ではない。

今やペニスは下腹に張りつき、マストのような強ばりを見せていた。裏茎には強靭《きょうじん》な芯が走り、鈴口には早くも先走りの液が湧《わ》きだしている。

「しょうがない子、また床を汚しちゃって。人間便器としては失格ね」

排尿が途切れがちになると、茉莉奈は一転して優しい口調でたしなめた。

「ご、ごめんなさい」

シュンと肩を落とすも、女王様は飴と鞭をしっかりと使い分ける。

「まあいいわ。次はトイレットペーパーにしてあげる。さ、お口できれいにして」

うれしいご褒美に、康介は目を爛々《らんらん》と光らせた。

今度こそ彼女を喜ばせたい一心から、顔を突きだし、舌を懸命に伸ばす。

小水の雫で濡れ光った淫裂を、康介は一心不乱に舐めまわした。

縦筋に沿い、舌をくねらせ、皺の一本一本を溝まで丁寧になぞりあげる。

ややしょっぱい味覚を堪能するなか、茉莉奈はさらに足を開脚させた。

凛とした顔つきで見下ろす様は、まさしく本物の女王様だ。

彼女の真の姿は、律子はもちろん、夫である賢治すらも知らない。

康介は、もっとサディスティックな茉莉奈を見たい、という願望に衝き動かされた。

倒錯的かつ変態的な行為を追求すればするほど、美人妻に対する愛情や忠誠心も増していく。その一方で、まだ完全には理性を捨てきれない自分もいる。

（初めて訪れたチャンスだけに、やっぱり……ちょっと焦りすぎなのかも）

少しでも早く、女王様と奴隷の関係が当たり前のようになりたい。

康介は切に願いながら、舌先を跳ね躍らせ、淫裂に付着した汚れを清めていった。

肉の尖りが根元からもっこりと突きだし、包皮を押しあげていく。

心なしか、粘った液も舌に絡みついてきたようだ。

「……ン、ふぅ」

ズル剝けた肉芽をベロベロと舐めまわしていると、頭上から甘い声音が洩れ聞こえた。

「うぅン、そう、康介ちゃん……上手だわ」

褒められれば、ことさら気分が高揚し、さらなる快楽を吹きこみたくなる。

だが舌先を膣内に挿入しようとした刹那《せつな》、茉莉奈は腰を引き、口戯を強引に中断させた。

「また……ご褒美、あげたくなっちゃった」

チラッと見上げれば、愛しの女王様は頬を真っ赤に染め、目を潤ませている。

ときおり見せるあどけない表情、少女のような愛くるしさが、茉莉奈の一番の魅力なのだ。

(ご褒美って……今度はどんな?)

心がウキウキと弾み、睾丸の中の精液が荒れ狂う。

「立って」

「は、はい」

康介が立ちあがると、茉莉奈は肉棒をキュッと握りしめた。

「こっちに来て」

「あうっ」

ペニスを握られたまま、リビングからベッドルームへと連れていかれる。

(な、何をするつもりなんだ?)

ややうろたえながらも、喜悦に胸が躍った。

「ベッドに仰向けになって」

「え?」

「仰向けになって、両足を自分で抱えあげるの」

この段階で、康介は茉莉奈の目論見《もくろみ》を察した。

彼女は、アナルを蹂躙《じゅうりん》するつもりなのだ。

不安が忍び寄り、血の気が失せていく。

「どうしたの？　怖いの？」

女王様は、小動物を見るような目でねめつける。

(抵抗感はあるけど、やるしかない。これは……自分が望んでいたことでもあるんだから)

康介はベッドに這いのぼり、言われるがまま仰臥《ぎょうが》の体勢をとり、両手を膝の裏にあてがった。

「そう、そのままM字開脚して」

「あ、あぁぁっ」

若い女性の前で、なんてはしたない恰好をしているのか。

恥部は尻の穴まで丸出しの状態、凄まじい羞恥に身が焦がれそうだ。

案の定、茉莉奈は、康介が用意したバッグから黒いペニスバンドを取りだした。

女王様ビデオの過激なシーンが思い返される。

ディルドウでアヌスを貫かれたM男は、上体を仰《の》け反らせて悶絶し、狂乱の歌声を延々と張りあげた。

腰をくねらせ、筋張った肉茎から大量の精液を噴出させる中年男に、しばし愕然としたものだ。

もちろんアナルセックスの知識はあったが、排泄口《はいせつ》で本当に快楽を得られるのか半信半疑だった。

インターネットで調べたところ、男は前立腺《ぜんりつせん》に刺激を受けると、多大な快感を覚えるらしい。

すぐさま、自分も試してみたいと思った。

茉莉奈に犯される光景を思い浮かべただけで、総身が粟立った。

こうして康介は、ディルドウが一番細いペニバンをネット通販で購入したのである。

期待半分、不安半分。肛穴に異物を挿入するという行為に、やはり恐怖心は拭えない。

ペニスがやや萎靡していくなか、茉莉奈は瞳の奥に妖しい光を宿らせた。

「そんなに怖がらなくても大丈夫。これだけ細いんだから、痛みはまったくないはずだわ」

「あひっ」

若妻女王様は唇を窄め、康介の会陰に大量の唾液を滴らせる。そして手のひらにまぶした唾を、ディルドウにもたっぷりとなすりつけた。

「ふふっ、かわいいお尻の穴」

「あ、あぁぁっ……は、恥ずかしいです」

指で尻肉を押し広げられ、羞恥の源が剝きだしになる。

妻にさえ見せたことのない裏門を、うら若き美女に注視されている。ただそれだけで、性感は上昇のベクトルを描いた。

「ふふっ、いくわよ。康介ちゃん、覚悟して」

唾液が肛門まで流れ落ち、挿入の準備はすでに整っている状態だ。

ペニスをかたどったディルドウが臀裂に潜りこむ。

ひんやりとした先端が菊門にあてがわれた瞬間、康介は生理的嫌悪から、無意気のうちに身を強ばらせた。

「力を抜いて。それじゃ入らないし、ただ痛いだけだよ」

「は、はい」

息を吐きだし、意識的に脱力したとたん、黒い胴体はずぶずぶと腸内に埋没していった。

「あ、ひぃぃぃぃぃぃっ」

なんと奇妙な感覚なのだろう。

決して痛みはないのだが、やはり異物感が強く、とても肉悦を感じられるとは思えない。

茉莉奈がゆっくりと腰を突き進めるなか、康介は身を強ばらせたまま、泣き顔で咆哮《ほうこう》した。

「あ、あぁぁぁっ」

「ふふっ、全部入っちゃったよ」

やめておけばよかったと思っても、ペニスバンドは肛穴にぐっぽりと差しこまれている。

身動きひとつとれず、まともな言葉さえ出せない。

「ゆっくりと動くからね」

茉莉奈はほくそ笑み、ゆったりとした抽送を開始した。

唾液が潤滑油の役目を果たしているのか、スムーズな動きでディルドウが腸内粘膜をこすりあげていく。

「あ……あ、あ、あ」

康介は口を半開きにし、虚ろな視線を宙にさまよわせながら、断続的な呻き声を放った。

禁断の場所に生じていた違和感が、徐々に快感へと変わっていく。

黒い胴体が往復するたびに愉悦が広がり、やがて心地いい感覚が下腹部を覆い尽くしていった。

「気持ちいい？」

「き、き、気持ちいいです」

「もっともっと気持ちよくしてあげる」

腰のスライドが熱を帯びはじめ、同時に射精感がうなぎのぼりに上昇する。

ペニスにはいつの間にか強靱な芯が入り、こぶのような静脈を無数に浮きあがらせていた。

ディルドウは押しこまれるより、引くときのほうが圧倒的な快楽を与えてくる。

菊襞《ひだ》が捲られるような感触が、多大な肉悦を引き起こすようだ。

「はあぁぁっ、あはぁぁっ」

身体からは力がすっかり抜け落ち、今や康介の全神経はアナル一点に向けられていた。

おそらく、ペニバンの先端が前立腺をこすりあげているのだろう。

腹の奥がじんじんと疼き、悦楽の火の玉が中心部でゆっくりと膨張していくような感覚は初めてのことだった。

射精感を自制しようとしても、裏門にディルドウが埋めこまれているため、括約筋を引き締めることができない。

放出願望が自分の意思とは無関係に、無理やり頂点へと引っ張りあげられる。

茉莉奈は口元に冷笑をたたえ、中ピッチのスピードで腸内粘膜を抉っていた。

今では、彼女は真性のサディストだということがはっきりと認識できる。

決して自分に合わせてくれているのではない、根っからの女王様気質なのだ。

「お、おおおおおおおっ！」

康介の悲鳴は、慟哭《どうこく》へと変化していた。

意識せずとも、地を這うような唸《うな》り声が出てしまう。

快楽の深淵に沈んだ中年男を、愛くるしい女王様はマリアのような慈愛の目で見つめていた。

ストレートなピストンを繰りだしながら、しなやかな指が肉幹に絡みつく。

緩やかにしごかれると、脳裏で白い光が明滅した。

「あっ！　そ、そんな!?」

「何がそんなの？　おチ×チン、こんなにおっ勃たせて」

肉胴をグリグリと手のひらでこねまわされ、弾けるような快感が背筋を駆け抜ける。

「イクっ……イッちゃいます」

「あら、もうイッちゃうの？」

「だって、だって……」

裏の花弁が燃えるように熱く、我慢したくても、とても堪《こら》えらない。

快楽の衝撃波は、待ったなしで交感神経を直撃してくるのだ。

「イキたいの？」

「は、はいっ！　イキたいですっ!!」

肉棒とアヌスのダブル攻撃に、射精感は瞬時にしてリミッターを振り切った。

「じゃ、この場で誓って」

「あ、あ、あ、な、何を……」

「このおチ×チン、一生奴隷にしてくださいって」

茉莉奈が一転して眉尻を吊りあげ、抑揚のない口調で言い放つ。

凜とした眼差しが、康介の心臓を矢のごとく貫いた。

普通なら相手は手の届かない、類《たぐ》い希《まれ》なる美しい女性なのである。

しかもうら若き女王様を、誰が拒絶できようか。

康介は、涙を流しながら忠誠を誓った。

「わ、私のチ×ポを、茉莉奈女王様の奴隷にしてくださいっ！」

自ら放った言葉に被虐心がくすぐられ、猛烈な淫情が込みあげる。

今や、茉莉奈との距離感は一気に縮まっていた。

彼女のためなら死ねる、地獄に堕ちてもかまわない。

本気で、そう思った。

「いいわ。じゃ、たっぷりと出しなさい。明日までに、一滴残らず搾り取るんだから！」

「あ、ひゃぁぁぁぁぁぁぁっ！」

凄まじい腰のスライドとともに、ペニスが激しくしごかれる。

臀部が何度も跳ねあがり、天空に舞いあがるような感覚に包まれる。

(最高だ！　私だけの最高の女王様だ!!)

胸の奥がキュンと締めつけられた瞬間、康介は亀頭の先端から大量の白濁をしぶかせた。

一回、二回、三回、四回、花火のように打ちあげられたザーメンが首筋まで跳ね飛んだ。

「あ、ふうぅぅぅぅっ」

筋肉どころか骨まで溶解しそうな快美に、感嘆の溜め息が洩れてしまう。

「まだまだ、こんなもんで終わらないから」

「う、くはぁぁぁぁっ」

射精が終焉《しゅうえん》を迎えても、茉莉奈は肉幹をしごきながら、手のひらを亀頭に被せ、レンズを磨くようにすりまわした。

放出したばかりで敏感になっている逸物を玩弄され、くすぐったいような、もどかしいような感覚が下腹部を覆い尽くしていく。

やがて快感が消え去り、猛烈な狂おしさだけが康介を苛んだ。

「ひ、ひぃやぁぁぁぁっ！」

奇声を発しても、茉莉奈は手の動きを止めない。

さらに尿道口に刺激を与えつづける。

「か、勘弁してください！　あひ、うぅぅぅぅっ!!」

苦悶の表情で悶え狂うも、身体の奥底から再び熱感が迫りあがる。

「あ、ああ！　出ちゃう！　何か出ちゃいます!!　はううううっっっっ!?」

手のひらの隙間《すきま》から、透明なしぶきが八方に飛び散った。

「康介ちゃん、潮を吹いたよっ！」

茉莉奈がうれしい悲鳴をあげ、さらに肉幹をしごきたてる。

八分勃ちのペニスの先端から、淫水が一直線に跳ねあがり、シャワーのごとく自身の身体に降り注いだ。

「すごいっ、すごいっ！　まだ出るっ!!」

男が潮を吹くというシーンは、女王様ビデオの中でも見られなかった。

性と快楽の奥深さには、改めて驚嘆せざるをえない。

意識を朦朧《もうろう》とさせた康介は、唇の端をわなわなと震わせ、ベッドに朽ち木のように沈んでいった。

第六章　息子の嫁は小悪魔女王様

1

翌日、大阪の街は朝から雨が降り注いでいた。

どうやら、台風が接近しているらしい。

律子に帰宅時間を連絡した直後から雨風が強くなり、交通手段の運休を危惧《きぐ》した康介は、茉莉奈とともにホテルを早めにチェックアウトした。

本音を言えば、彼女ともっといっしょにいたかったのだが、さすがに身も心もくたくたに疲れていた。

前夜は午前二時過ぎまで快楽地獄へと貶められ、合計四回も射精させられたのだ。

寝室はもちろんのこと、浴室や部屋の出入り口で再び前立腺を刺激されながらの手コキ責めと、睾丸の中の精液が空になるまで搾り取られた。

おかげで新幹線に乗りこんだとたん、二人は寄り添うようにして熟睡してしまったのである。

かつての上司と部下、義理の父と娘という壁は完全に取り払われ、倒錯的なプレイをこなせばこなすほど、二人の息はぴったりと合っていった。

祭りが終わったあとの寂しさのようなものは感じたが、十分満足のできる結果だっただけに、忙しい毎日の生活にも張りが出るというものだ。

新幹線は予定時間より十分遅れで到着し、康介たちはすぐさまタクシーに乗りこんだ。

「よかったね。早めにホテルを出て。私たちが乗ったあとの便は運休したみたい」

「途中から、土砂降りの雨になったからね。あ、運転手さん、最初に新橋《しんばし》のほうに行ってくれるかな？」

「え？　会社に寄るの？」

「うん、ほら、トランクに入れた荷物」

康介が気まずそうに答えると、茉莉奈は納得げに頷いた。

女王様グッズは、自宅に持っていけない。

会社の社長室にあるクローゼットに置いておくつもりだった。

「茉莉奈くんは、タクシーの中で待っていればいいから。荷物を置いたら、すぐに戻ってくるよ」

康介はそう言いながら、後部座席の窓から空を見上げた。

台風の影響は、都心にまで及んでいるようだ。

鉛色の雲がたれこめ、ぽつりぽつりと雨が降りはじめている。

自分たちの関係を隠してくれるようなあたりの暗さに、康介はホッと安堵の溜め息をついた。

運転手に気づかれないよう、となりに座る茉莉奈の手をそっと握りこむ。

柔らかくて温かい人肌の感触に、康介は生きる喜びを実感していた。

タクシーが自宅に到着する頃には、バケツをひっくり返したような豪雨に変わっていた。

「お義母《かあ》様は、家にいるのかしら？」

「会社から電話をかけたんだけど、通じないんだ。またどこかの有閑マダムと、ほっつき歩いてるんじゃないかな」

「賢治さんは？」

「外回りをしているらしい。この雨じゃ、大変だろうな。さあ、着いたぞ。茉莉奈くんは先に入ってなさい」

「はい」

茉莉奈は帰京したと同時に、良き嫁の姿へと戻っている。

タクシーから降り、玄関まで小走りで駆けていく若妻を、康介はほっくりとした笑顔で見つめつつ、運賃の支払いを済ませた。

トランクから荷物を取りだし、ダッシュで玄関口に向かう。

扉を開けた康介は、肩に付着した雨の雫を手で払いながら声をかけた。

「いやあ、それにしてもすごい雨だね……」

茉莉奈の姿は、どこにもない。

床に彼女のボストンバッグが置かれ、息子夫婦の住居に通じる扉が半開きの状態になっている。

康介の視線が、三和土《たたき》に置かれた男物の革靴に注がれた。

（だ、誰か……来ているのか？）

得体の知れない、どす黒い不安が忍び寄る。

もう一度目を凝らして注視すると、先の尖った仕様は、賢治がふだん履いていてる靴とよく似ていた。

服が濡れてしまい、着替えのためにいったん帰宅したということも考えられる。

康介もバッグを床に置き、間口に上がりながら扉の向こう側を覗き見た。

茉莉奈が一人佇み、上方に視線を向けている。

青ざめた唇、眉を顰めた顔つきは、彼女が嫁に来てから初めて目にする表情だ。

「ま……茉莉奈くん？」

小さな声で呼びかけても、彼女は振り向こうともせず、二階にある夫婦の寝室に険しい眼差しを注いでいた。

（いったい、どうしたというんだ？）

ゆっくり歩み寄ったところで、康介はハッとした。

雨の音にかき消され、物音はいっさい聞こえなかったが、明らかに二階から邪悪な気配を感じる。

心臓が早鐘のように鳴りだし、嫌な汗が背中を伝った。

これまで経験したことのない恐怖心に足が竦んだ。

今すぐ、この場を離れたほうがいい。

直感でそう思ったものの、一家の長として、事実を確認するべきだという理性が、くじけそうになる心を奮い立たせた。

茉莉奈を一階に残したまま、忍び足で階段を昇っていく。

康介の腋の下はじっとりと汗ばみ、全身には鳥肌が立っていた。

2

息子夫婦の寝室は、扉が完全に閉められておらず、十センチほど開いていた。

室内から、くぐもった声が聞こえてくる。

震える足を一歩ずつ踏みだした康介は、ドアの隙間に顔を近づけたとたん、驚きのあまり、大きな悲鳴をあげそうになった。

全裸の賢治が、ダブルベッドに仰向けの体勢で寝転んでいる。

股間に顔を埋めていたのは、紛れもなく妻の律子だった。

悪い夢でも見ているのだろうか。

康介は立ち尽くしたまま、室内の光景をただ愕然と注視するばかりだった。

「んふぅ……んっ、んっ」

「あぁ、ママ、ママ……気持ちいいよぉ」

股間の逸物は根元から隆々と反り勃ち、逞《たくま》しい昂りを見せつけている。

律子は肉胴に右手を添え、男根を愛おしそうに頬張っていた。

肉感的な唇で、ペニスを磨きあげるように丁寧にしごきたてる。

熟女らしい、いかにもねっとりとしたフェラチオだったが、康介には目の前の二人が自分の妻と息子だとは思えなかった。

律子は口淫奉仕を、屈辱的で汚らわしいと毛嫌いしていたはずだ。

母親にとって、息子はやはり特別な存在なのだろうか。

賢治にしても、幼少期以外で、律子を「ママ」と呼んだことは一度もなかった。

初めて垣間見たマザコン息子の姿に、身の毛がよだつ。

(し……信じられない。嘘《うそ》だろ)

近親相姦という想像を絶する光景が、目の前で繰り広げられているのだ。

康介は今、激しいショックに打ちのめされていた。

禁忌の間柄は、どう見ても昨日今日始まったとは思えない。

佐久本家が破綻《はたん》を迎えるとしたら、茉莉奈との関係が知られたときだと思っていたが、とうの昔に崩壊していたとは……。

自分は、これまで何をしてきたのだろう。

家族のために、馬車馬のように働いてきた己が滑稽に思えてしまう。

チュバチュバと淫靡な音を立て、律子がペニスを舐りまわす。やがて口から肉筒を吐きだし、熱い吐息をこぼした。

「はぁぁぁぁっ」

「ママのフェラ、相変わらずすごいよぉ」

「そんなに気持ちいいの？」

「うん」

「茉莉奈さんと、どっちがいい？」

口元に浮かぶ挑戦的な笑みは、明らかに息子を取られた若妻に対する嫉妬が見て取れた。

「く、比べものにならないよ。ママに敵う女なんているものか。もっと、もっとしゃぶって」

「うふっ、かわいい子。たっぷりとおしゃぶりしてあげる。は、んむぅぅっ」

剛直をがっぽりと咥《くわ》えこみ、首を左右に揺らしながら、スクリュー状の刺激をペニスに吹きこんでいく。

「う、ンふぅ、賢ちゃんのおチ×チン、おいしいわぁ」

律子は甘ったるい鼻声を発し、抽送のピッチを徐々に上げていった。

肉胴に唾液をたっぷりとまぶし、くちゅ、くちゅ、じゅるるるっと、ことさら高らかな吸茎音を響かせる。

フェラチオの技巧はどこで身につけたのか、ふだんの気位の高い妻とは別人のような浅ましい姿だ。

もしかすると、不倫経験があるのかもしれない。

間男から教わったとしか思えないほど、彼女の口戯は熟達していた。

「あぁぁっ、ママ、ママぁぁぁっ」

よほど気持ちがいいのか、賢治は腰をくねらせ、虚ろな視線を宙に舞わせる。

ビンビンの反り返ったペニスは、まるで鉄の棒のようだ。

やがて堪えきれなくなったのか、自慢の一人息子は猫撫で声で懇願した。

「ママのおマ×コも……舐めさせて」

律子は怒張を口に咥えたまま身体を反転させ、シックスナインの体勢に取って代わる。

すぐさまピチャピチャと、猫がミルクを舐めるような音が響き、律子は鼻から

「ん、ふぅぅっ」と、甘い吐息を洩らした。

実の母と子が獣のごとく、互いの性器を舐め合っている。

なんて、おぞましい光景なのだろう。

康介はショックを受けるとともに、猛烈な吐き気を催した。

もちろん、息子の嫁と不埒《ふらち》な関係を築いた自分に、彼らを責める資格はない。

だが茉莉奈とは血の繋がりはなく、最後の一線も超えてはいないのだ。

怒りの感情が込みあげた瞬間、もっとも見たくない展開が待ち受けていた。

「ああ、私、もう我慢できないわ」

律子がペニスを口から吐きだし、上ずった口調で言い放つ。そしてベッドに横たわり、自ら両足を大きく広げていった。

「僕も我慢できないよ！　ママとエッチするの、別荘のとき以来だもの」

ああ、そうだったのかと、康介は思った。

賢治が初日に遅れた本当の理由は、律子と密会するためだったのだ。

二人は駅で落ち合ったあと、どこかのホテルで禁断の蜜を貪《むさぼ》り合ったのだろう。

「入れて、賢ちゃんのおチ×チン、ママのおマ×コに入れて！」

肉厚の陰唇は外側に捲れあがり、全体が唾液で黒光りしている。

大量の愛液も溢れでているのか、中心がぬめぬめと粘ついていた。

（ま、まさか……本当にするのか!?）

賢治は嬉々とした顔つきで身を起こし、がっちりとした腰を股のあいだに潜りこませる。

室内が一瞬、静寂に包まれた直後、律子の上体がピクリと仰け反った。

「ン、ふぅぅぅぅぅンっ」

甘いよがり声が響き、眉間《みけん》に無数の縦皺が刻まれる。

ペニスが膣内に挿入されたのは、もはや間違いなかった。

頭の中が真っ白になり、身体を少しも動かすことができない。

賢治が繰りだす逞しいピストンを、康介はただ惚けた表情で見つめていた。

「あ、ひぃぃぃやぁぁぁぁっ！」

「ママ、ママぁぁぁっ！」

黄色い悲鳴が交錯し、律子が顔をくしゃと歪ませる。

結婚生活三十年、空気を切り裂くような嬌声も、快楽に悶絶する顔つきも、初めて目にする姿だ。

賢治は若者らしく、逞しい抽送で熟女の膣洞を穿《うが》っているようだった。

肉づきのいい太腿を両手で抱えあげ、さらに本格的なピストンが繰りだされる。

結合部が露になると、剛直は確かに膣内にぐっぽりと差しこまれていた。

胴体には白く濁った愛液がまとわりつき、キンキンの肉棒が凄まじいスピードで抜き差しされる。

「はぁぁぁぁぁっ、いいっ！　いいわぁ!!」

「ママのおマ×コ、あったかくて気持ちいいよぉ」

「茉莉奈さんと、どっちがいいの!?」

「あいつとは比べものにならないよ！　ママのほうが全然いいっ!!」

律子は、またもや嫉妬の感情を剝きだしにさせた。

マザコンの息子に対し、怒りとともに虫酸が走る。

「かわいい子！　今度はママが上になるわ」

体位を入れ替えると同時に、弛《たる》み豊かなヒップがぶるんと震えた。

たわわな尻肉がゆっさゆっさと揺れ、生々しさに拍車をかける。

律子は髪を振り乱し、怒濤のように腰を打ち振った。

(私のときは、マグロのように仰向けになるだけだったのに……)

彼らは、いつから禁断の関係を続けていたのだろう。

妻との没交渉は、すでに十年近くになる。

おそらく、そのあたりから道を外しはじめたのではないか。

あまりの生理的嫌悪に、康介は苦渋の色を浮かべた。

ピストンの回転率が徐々に増し、ヒップと太腿の熟脂肪が蛇腹のように波打つ。

大量の花蜜が湧出《ゆうしゅつ》しているのか、接合部からぐちゅんぶちゅんと、淫らな破裂音が響き、狂乱の宴は最高潮に達しているようだった。

「ッひぃん、イッ……んんっ！　うん、んおおっ、んんッああ、いいっ！　賢ちゃんの硬いおチ×チン、子宮を突きあげるのぉぉっ！」

律子は奇妙な呻き声を張りあげ、肉感的な尻肉をドスンドスンと打ち下ろす。

賢治は顔を真っ赤にし、必死に射精を堪えているようだ。

汗でぬらつく裸体を絡ませる姿は、もはや親子ではなく、本能剝きだしの牡と牝以外の何ものでもない。

「きゃふぅぅッ、深ッインッ、ンンッん！　先っぽがゴリッって、すごいのッ！

ママ、イッちゃいそうよ!!」

「ママっ……ぼ、僕も……イキそうだよ」

「いいわっ！　イッて、たくさん出して!!」

豊満尻をグラインドさせ、今度は小刻みなピストンで剛直に刺激を吹きこんでいく。

結合部から滴り落ちた淫蜜は、ペニスの根元から陰嚢を伝い、シーツに大きなシミを作っていた。

「あ、イクっ、イッちゃうわぁぁぁぁっ！」

律子がヒップをわななかせ、上体を激しく前後に揺らす。

「マ、ママっ！　お口にっ！　ママのお口に出したいっ!!」

息子の懇願に、母親は抜群のタイミングでペニスを膣から抜き取り、素早い動作で股間に顔を覆い被せる。

「いいわ！　熱いミルク、いっぱい出してぇぇっ!!」

「あ、くううぅぅぅぅぅっ!!」

賢治が身悶えた直後、白濁が一直線に跳ねあがり、律子はすかさず亀頭冠に吸いついた。

手筒で肉胴をゆっくりとしごき、牡の証を輸精管から搾りだしていく。

喉が緩やかに波打ち、母親は間違いなく息子の精液を飲み下しているようだった。

「ふ、ン……んふぅぅっ」

片手で陰嚢を優しく揉みあげ、濃厚なお掃除フェラが展開される。

二人の身体から立ちのぼる発情臭と熱気が、康介の佇む位置まで漂ってくるようだ。

賢治が上半身を仰け反らすと、律子は指で亀頭をつまみ、尿管内から残滓《ざんし》を搾りだした。

彼女にとって、息子のペニスは宝物と同じなのだろうか。

先端に滲みだした白濁の雫をチュッチュッと吸い取り、幸福感に満ちた表情で賢治の胸に顔を埋める。

室内が一瞬にして静まり返り、何人たりとも踏みこめない二人だけの世界に、彼らはどっぷりと浸っているようだった。

康介の心の中から、憤怒の情はすっかり消え失せていた。

もちろんショックは引きずっていたが、なぜか頭の芯は妙に冷めている。

康介の茉莉奈に対する特別な感情は、おそらく彼らのあいだで築かれた思いと寸分違《たが》わず同じはず……。

とにかく、この場からは立ち去ったほうがいい。

そう考えた康介が踵《きびす》を返そうとした刹那、ひんやりとした手の感触が腕に走った。いつの間にか、茉莉奈が背後に佇んでいたのである。

「ひっ！」

反射的に悲鳴をあげたとたん、律子と賢治は目をうっすらと開き、顔をドア方向に向ける。

まさに、地獄がぽっかりと口を開けた瞬間だった。

3

年の瀬も押し詰まる頃、茉莉奈と賢治の離婚が正式に決まった。

八方丸く収まる方法はないものか、必死に模索したものの、あの状況ではもはや焼け石に水だった。

茉莉奈は同居を始めて以降、律子と賢治の関係に薄々感づいていたようだ。

夫婦の営みが、新婚旅行を境に一度もなかったという話を聞いたとき、康介は申し訳ない気持ちでいっぱいになった。

結婚生活の破綻は時間の問題で、すべて一家の長たる自分の不徳の致すところである。

離婚だけは避けられないか、何度も説得を試みたのだが、茉莉奈の決心は固かった。

彼女はいったん田舎に帰り、身の振り方を考えるようだ。

十二月二十九日。康介は、自宅の駐車場から出した車を門の前に横づけた。

(茉莉奈くんを駅まで送って、それで……さよならになるのか)

寂寥感に押しつぶされそうになるも、もはや自分の力では為《な》す術《すべ》もない。

「お待たせ」

茉莉奈がキャリーバッグを手に玄関口から現れると、康介はすぐさま車から降り、荷物をトランクに詰めこんだ。

「申し訳ないけど、大きな荷物は実家のほうに送ってください」

「もちろんだよ。じゃ……行こうか」

賢治と律子は別れの挨拶《あいさつ》どころか、見送りにも出てこない。

とても合わせる顔がないのだろう。

車に乗りこんだとたん、不覚にも涙がこぼれそうになった。

グッと堪えて、車をゆっくりと発進させる。

「本当に……悪かったね」

「何が？」

「こんなことになっちゃって。ご両親にも、ずいぶんとがっかりさせたし」

離婚の本当の理由は、言えるはずもなかった。

あくまで性格の不一致であり、茉莉奈は自分のワガママが一番の原因なのだと、実の両親に嘘の報告をしたのである。

「え？」

「気にすることはないわ。本来なら、こちら側が謝罪する立場だったんだから」

「ほら、例のビデオの件」

「あ、ああ」

確かに婚約破棄ともなれば、彼女の言うとおりになっただろう。

それでも、康介の心から自責の念は消えなかった。

「賢治さんと……お義母様は大丈夫かしら」

「……うん、大丈夫だよ。律子から謝罪の言葉を聞いたのは、結婚以来、初めてのことじゃないかな？」

明るく努めようとしても、笑顔が引き攣《つ》ってしまう。

賢治はもちろん、律子の落ちこみようは尋常ではなかった。

やつれた姿を見るにつけ、自身の犯した罪を何度話してしまおうと思ったか。

母と息子の近親相姦は、やはり十年前から始まっていたようだ。

茉莉奈との関係をひた隠す代わりに、彼らを許す気になったのかもしれない。

結局、賢治が家を出ることで話はついた。

とはいえ、あの家で律子と夫婦水入らずの生活を送るのは、正直気が重かった。

短期間ではない、これから死ぬまで一生添い遂げなければならないのだ。

(茉莉奈くんが、そばにいれば……気持ち的には楽になるんだが)

再び寂しさが募り、胸が締めつけられるように苦しくなる。

康介は路肩に車を停《と》め、涙で膨らんだ目を茉莉奈に向けた。

「東京に……残ってくれないかね?」

「どうしたの?　その話は、何度もしたじゃない。実家でゆっくりして、また出てくるからって」

「頼む!　慰謝料が足りないのなら、私のポケットマネーでもっと払うから」

「慰謝料なんて、いらないって言ったのに……」

「君のために、マンションを買うことだって考えているんだ!」

涙目で哀願するも、茉莉奈は微笑をたたえながら首を横に振る。

「信用して。東京に出てくるときは、康介ちゃんに真っ先に連絡するから」

女心と秋の空ではないが、信用したくても、不安ばかりが先立ってしまう。

たった二日間の戯れでは、やはり信頼関係までは築けなかったのか。

さらに説得を試みようとした瞬間、茉莉奈は温かい手のひらで康介の手の甲をそっと包んだ。

「社長室に行こう」

「え？」

「会社は今日から休みで、誰もいないし。ねっ？」

可憐な美女は、そう言いながら瞳に妖しい光を走らせる。

男とは、単純な生き物だ。

寂寥感は瞬時にして期待感へと変わり、同時に性的昂奮が全身に漲《みなぎ》っていく。

ひりつくペニスは、ズボンの下でむっくりと頭をもたげていった。

神聖なる職場で、まさか元部下と淫らなプレイに耽《ふけ》ることになろうとは。

茉莉奈との禁断の行為は、出張のとき以来だ。

律子と賢治の近親相姦を目撃した直後から、欲望に目を向けている余裕はまったくなかった。

この三カ月、佐久本家の人間はまさに懊悩《おうのう》の日々を過ごしてきたのである。

（今はもう、禁断の関係にはならないんだよな。茉莉奈くんと賢治は離婚したんだから）

二人が赤の他人になったということは、義理の父娘という関係も切れたことになる。

タブーを犯すという罪悪感もなければ、わだかまりもない。

茉莉奈は、果たしてどんな姿を見せてくれるのだろう。

期待感から胸が躍り、股間の肉槍がひと際わななないた。

社長室にはクローゼットの他、先代社長が作った簡易シャワー室と洗面所がある。室内に入るやいなや、茉莉奈はコートを脱ぎ捨て、ワンピースの下に両手を潜りこませた。

ピンク色のTバックショーツが、脚線美の上をするすると下りてくる。

花柄模様をあしらった、レース仕様のセクシーショーツだ。

呆然《ぼうぜん》と見つめていた康介は、すぐさま生唾を飲みこんだ。

「これを穿いて待ってて」

「え？」

「好きなんでしょ？　汚れた下着。無理して二日間も穿きつづけたから、匂いがたっぷりと沁みこんでるはずよ。康介ちゃんにあげるわ」

「あ、ありがとう」

「グッズはどこ？」

「ク、クローゼットの中だよ。出張に行ったときのバッグに入ってるから」

茉莉奈はさっそくクローゼットを開け、ボストンバッグを手に、颯爽と洗面所に向かった。

手のひらの中のパンティは、彼女のぬっくりとした体温を残している。

今の今まで、直穿《じかば》きしていた代物なのだ。

鼻をそっと近づければ、かぐわしい香りとツンとした刺激臭が鼻腔を貫いた。

（こ、これを穿いて待ってろって？）

一瞬にして目がとろんとし、股間の肉槍がビクリといななく。

康介は鼻の穴を広げ、目を血走らせながら服を脱ぎ捨てた。

全裸の状態で、わくわくしながら基底部を覗きこむ。

（あ……ああっ！　すごい、すごいっ!!）

クロッチにべったりと張りついた淫らな刻印は、グレーのシミが大きく広がり、中心部には黄色い縦筋がくっきりと刻まれていた。

柑橘系、汗、皮脂の匂いに混じり、熟成された尿臭と乳酪臭が鼻先にふわんと漂う。

二日も穿いていただけに、恥臭はより濃厚かつ強烈で、康介の脳幹をダイレクトに刺激した。

脱衣場で手にしたショーツとは、比較にならない媚臭のハーモニーだ。

（おしっこの周りについた葛湯《くずゆ》のような粘液は……愛液か？　た、たまらん！）

生ぬるい湿った淫らな空気が鼻面で揺らぎ、蒸れた牝の性臭が牡の本能をスパークさせる。

康介はショーツの匂いを嗅ぎまくり、茉莉奈の残り香を中枢神経に焼きつけた。

できれば穿かずに、自分だけの一生のお宝にしたい。

だが、女王様の命令は絶対なのだ。

康介は仕方なく、ピンクの布地を足首から通していった。

（ああっ、残念……今日だけしか使えないなんて）

苦悶に口元を歪めるも、徐々に目が見開かれていく。

セクシーショーツは異様なほど布地面積が少なく、勃起したペニスを包みこめるはずもなかった。

肉筒の中途までしか覆い隠せず、脇からはふたつの皺袋もはみ出ている。

さらに布地を引っ張りあげたとたん、Ｔバックの紐が臀裂にぴっちりと食いこみ、甘美な性電流が背筋を這いのぼった。

「はうっ……あ、ああっ」

なんと、みすぼらしい恰好なのだろう。

いい歳をした中年男が、若い娘に男性器をはみ出させたパンティ姿を見せるのである。

全裸よりも恥ずかしいシチュエーションだった。

それでも根元を包むクロッチの温もりが心地よく、剛直は少しの萎靡も見せない。期待感を膨らませた康介は、床に跪き、茉莉奈が現れるのを今か今かと待ちわびた。

やがて奥の部屋の扉が開き、ボディスーツに身を包んだ女王様が姿を現す。

（おおっ！　今日は薄化粧だ!!）

童顔の容貌に、ツインテールの髪型が愛くるしい。

グロス入りのピンクのルージュだけが、あでやかな色香を漂わせ、魅力溢れるロリータ女王様を演出していた。

胸がキュンキュンと高鳴り、ペニスの芯がズキンと疼く。

茉莉奈がキッと睨みつけながら、ゆっくり近づいてくると、康介はすぐさま床に額をこすりつけた。

「じょ、女王様！　今日はご調教のほど、よろしくお願いいたしますぅっ！」

忠誠を誓うとともに、高揚感が最高潮に昇華する。

「顔を上げて」

言われるがまま上体を起こせば、怜悧《れいり》な美女は股間の中心に突き刺すような視線を浴びせた。

「いい恰好ね。恥ずかしくないの？　女物のパンティを穿いて、チ×チン勃起させてるなんて」

「は、恥ずかしいです！」

「だったら、小さくさせればいいでしょ？」

ロングブーツの爪先が、ショーツからはみ出た陰嚢に押しつけられる。

「あ、く、くうっ」

「また勝手に大きくさせて。何日間、溜めこんでるの？」

肉玉をグリグリとこねまわされると、疼痛とともに被虐心があおられた。

「聞いてるのよ！」

今日の茉莉奈はしょっぱなから、フルスロットルで女王様の威厳を見せつけている。

「あ、あ、に、二週間ぐらいです」

正直に答えると、爪先にさらなる力が込められた。

「ボディスーツ、あれから洗ってなかったでしょ？」

「あ、そ、それは……」

「シャワー室でちゃんと洗って、陰干ししておきなさいって言ったでしょ？」

命令を忘れていたわけではなかったのだが、女王様の匂いを残しておきたいという気持ちが強く、もったいなくて洗えなかったのだ。

茉莉奈は少しの笑みも見せず、高圧的な態度で問いつめた。

「私の汗がたっぷりと沁みこんでるわよ。ボディスーツで、いったい何をしたのかな？」

「は？」

「とぼけないで」

「はうぅぅぅっ」

ブーツの裏が、今度は肉筒をギューギューと踏みつける。

痛みがすぐさま快感へと変わり、鈴割れから先走りの液がじわりと滲みだした。

「パンティを盗むぐらいだもの。ボディスーツで、おいたをしたんでしょ？」

「匂いを、匂いを嗅いでオナニーしました！」

「やっぱりね。何回したの？」

「二回、二回ですっ！」

爪先が離れ、ホッと安堵の溜め息をこぼす。

涙目で見上げれば、ロリータ女王様は相好を崩さず、神々しいほどの凛々《りり》しさを誇っていた。

「言うことを聞かないお犬ちゃんには、たっぷりとお仕置きしないとね」

茉莉奈はそう告げたあと、ソファに座り、自身の太腿を指差した。

「前屈みの体勢で、太腿の上にのしかかって」

「え？　こ、こうですか」

お尻を突きだすような恰好で、むちっとした両太腿に胸を合わせる。とたんに、女王様の右手が臀部に打ち下ろされた。

「ひっ！」

ロンググローブ越しということもあり、さほどの痛みはなかったが、かなり強烈な打擲《ちょうちゃく》だ。

他の社員たちが今の自分の姿を見たら、何と思うのだろう。

身を焦がすような羞恥が、さらなる肉悦を吹きこんでいく。

母親が悪戯をした子供を折檻するように、茉莉奈は康介の尻肉を打ち据えていった。

「あ、くっ、ふっ、はっ、あぁぁっ」

パシーンパシーンと、乾いた音が響くたびに臀部が真っ赤に染まり、同時にえも言われぬ快美が下腹部を包みこんでいく。

身体が前後するたびに、心地のいい振動が陰茎に伝わり、亀頭の先端が自然と太腿の側面をノックした。

二十発近くは叩かれただろうか。

ようやく平手の打ち据えがストップし、息を大きく吐きだした直後、今度は茉莉奈の右手が股ぐらにすべり込んだ。

「あひっ！」

「おチ×チンが当たってるわよ。勃起は許可制だって、何度言ったらわかるの」

下腹に張りついていたペニスを握りこみ、強引に後方へと引っ張られる。

肉棒は股のあいだから、犬の尻尾《しっぽ》のように突きだした。

「おチ×チン、こんなにカチカチにさせて」

茉莉奈は冷淡な口調で呟《つぶや》き、怒張をこれでもかとしごきたてる。

根元の部分に多少の痛みはあったが、今は快楽のほうが圧倒的に大きい。

康介は嗄れた声で、我慢の限界を訴えた。

「あ、あ、はぁ、も、もう」

「ほら、耐えろ！」

女王様言葉で責められれば、マゾヒストとしての血が騒いでしまう。

堪えようとしても、自分の意思ではどうにもならない。

猛《たけ》り狂う牡の欲望は、輸精管に向かってなだれ込んでいった。

「あ……あ……出ちゃう！　出ちゃいます!!」

「だめっ、こんなんでイッたら、お仕置きにならないわ」

射精寸前、手の動きが止まり、尿管をひた走っていたザーメンが副睾丸に向かって逆流する。

「は、おぉぉぉぉぉっ」

全身をビクンビクンと跳ねあがらせるやいなや、茉莉奈はソファからすっくと立ちあがった。

「……あっ！」

床に仰向けの体勢で転がった瞬間、ロリータ女王様は逆向きの体勢で、康介の顔を跨《また》いだ。

エナメル製の細いクロッチが、陰部と臀部にぴっちりと食いこんでいる。

裾からはみ出した悩ましい肉の山脈に胸をときめかせたとたん、茉莉奈は腰をググッと沈めていった。

4

ふっくらとした恥丘の膨らみとヒップが、圧倒的な迫力で迫り来る。

「は、んむっ！」

ボディスーツの基底部と尻肉が口と鼻を覆った瞬間、凄まじい刺激臭が鼻腔粘膜にへばりついた。

「ふふっ。さっきのパンティより、すごい匂いでしょ。康介ちゃんが、本当に望んでいたものじゃない？」

「あ、ふぅぅっ」

康介は腰をくねらせ、両膝をこすり合わせた。

スーツの残り香は時間の経過とともに薄れていたが、体温と湿気が布地に沁みこんでいた芳香を匂い立たせる。

新たな淫液も、分泌させているのかもしれない。

猛烈な欲情が逆巻くように突きあげ、ペニスは天に向かって隆々と反り勃った。

「やだ……おチ×チン、先っぽがヌルヌルじゃない。そんなに溜まってるの？」

「ふぁ、ふぁい」

茉莉奈は含み笑いを洩らし、局部を鼻と口にすりつける。

饐《す》えた汗の匂いと淫臭が複雑にブレンドされ、蠱惑的な香りと化して、脳髄を痺れさせた。

鼻の奥にまで粘りつくような、酸っぱい蒸れたフレグランスがたまらない。

（ああっ、すごい……すごい匂いだ）

康介はとろんとした顔つきで、完全に陶酔していた。

相手が茉莉奈だから、可憐で清らかな美女だからこそ、大いなるギャップに胸が昂るのだ。

恥臭の芳香もさることながら、ヒップの弾力感が至福のひとときを与える。

なんて柔らかい双丘なのだろう。

まろやかな水蜜桃が弾み揺らぐたびに、顔面に同化してくるようだ。

康介は思わず両手を伸ばし、すべすべとした臀丘に手のひらを這わせた。

（手にしっとりと吸いついてくるぅ）

手に微かな力を込めただけで、指先は何の抵抗もなく、プリプリの丸尻にめり込んでいく。

「こら、誰が触っていいって言った？」

「あ、ご、ごめんなさい」

「いつも勝手なことばかりして。そんなにお仕置きしてほしいんだ？」

「あうっ！」

茉莉奈は亀頭の先端を人差し指でピンと弾くと、腰を浮かせ、康介の両足を抱えこんだ。

（あっ……な、何を？）

臀部が強制的に、ググッと迫りあがる。

羞恥から身をよじらせたとたん、ロリータ女王様は自らの足を交互に膝の裏にすべり込ませ、今度は康介の胸にヒップを落とした。

いわゆる、ちんぐり返しの姿勢が固定され、恥部はおろか、尻の穴までさらけ出される。

自分の滑稽な姿を想像しただけで、顔から火が出そうだった。

「あ、あ……は、恥ずかしいです」

「何を言ってるの？　恥ずかしい人が、こんなに勃起しないわよ。ふふっ、スケベ汁、こんなに溢れさせちゃって」

茉莉奈はどうやら大量の唾液を滴らせているようで、生ぬるい粘液がペニスをゆっくりと包みこんでいく。

やがて柔らかい指腹が肉胴に巻きつき、リズミカルなスライドが開始された。

「あ……くっ」

「エッチなボウヤ、キンタマの中が空っぽになるまで抜いてあげる」

「はうっ！　くほぉぉぉぉぉぉっ」

淫語責めが矢のごとく胸を貫き、情欲の炎が燃えあがる。

康介は眉尻を下げ、糸を引くような嗚咽《おえつ》を洩らした。

快楽の火の玉が中心部で弾け、肌から汗が噴きこぼれる。

茉莉奈は手首のスナップをきかせ、ザーメンを吐きだせと言わんばかりの手コキでペニスを蹂躙していった。

クチュンクチュンと鳴り響く抽送音が、射精感を頂点にまで引っ張りあげる。

「あらあら、先っぽがパンパンに膨れてきた」

「あ、あ、だめっ……そんなにしごいたらイクっ、イッちゃう」

「自分で腰を使ってるからでしょ！」

張り手で臀部を叩かれ、心地のいい振動が腹の奥に伝わった。

身体をくの字に折り曲げ、大股を開いたまま、恍惚の噴水を撒き散らしてしまうのか。

「あ、イクっ！　イキますっ!!」

絶頂の扉を開け放った瞬間、茉莉奈は抜群のタイミングで手コキをストップさせた。

「は、ふぅぅぅぅっ！」

射出口で精液が暴れまくり、掻きむしられるような焦燥感が全身を苛む。

康介が悶絶するなか、女王様は肩越しから振り返り、口元に小悪魔の微笑をたたえた。

「イカせてくれると思った？」

「はあはあ、はぁぁぁぁっ」

「そんなに早く出させたら、お仕置きにはならないでしょ？」

脳漿《のうしょう》が煮え滾り、思考がまったく働かない。

縋《すが》るような目つきで見つめると、茉莉奈はすっくと立ちあがり、康介の両足を床に下ろした。

股ぐらに手が忍びこんだと同時に、スーツのジッパーが引き下ろされ、陰部が徐々に晒されていく。

（ああ、茉莉奈くんのおマ×コっ！　ど、どうするつもりなんだ？）

ベビーピンクの睡蓮《すいれん》は、中心部がほころび、すでにとろとろの柔肉と化している。うねりくねった肉唇はすっかり肥厚し、あわいから紅色の粘膜が覗いていた。

しかも彼女は陰毛をすべて剃《そ》り落とし、恥丘の膨らみはツルツルの状態になっていた。

生白い、いかにも過敏そうな丘陵は、ふっくらとした焼きたてのパンケーキのようだ。

艶やかな縦筋からはラビアが微かにはみ出し、朝露に濡れた葉のような雫をまとわせている。

胸を騒がせたとたん、茉莉奈は意味深な笑みを浮かべた。

「さて、どんなお仕置きがいいかな？　康介ちゃんの考えてることなんて、手に取るようにわかるんだから」

康介の顔つきが期待に満ちた表情へと変わり、目が大きく見開かれる。

「あらあら、キンタマが持ちあがっちゃって。仕方ないわね。変態のおチ×チンは、私のマ×コで罰を与えてやらないと」

まさに、脳天を稲妻が貫いたような衝撃だった。

清廉なかつての部下が、息子の愛くるしい元嫁が、最後の一線をついに超え、自分と肉体関係を結んでくれるのである。

内から漲るような幸福感に包まれた直後、秘めやかな谷底から水柱がほとばしった。

「あ、あぶっ！」

「その前に、私の匂いをたっぷりとすりこんであげる。黄金水、欲しかったでしょ？　たくさん飲みな」

顔面から首筋、胸へと、熱いシャワーがこれでもかと降り注ぐ。

康介は大口を開け、やや塩気の強い聖水を口腔に含んでいった。

「あ、あああああっ」

「ほら、チ×コにもかけてあげる」

灼熱《しゃくねつ》の棍棒が生温かい湯ばりに浸され、青筋がこぶのように膨れあがる。

茉莉奈の匂いを全身にまとい、脳みそはもはや蕩ける寸前。奥歯を噛みしめ、射精を何とか堪えるなか、淫水の洗礼は名残惜しくも終焉を迎えた。

ロリータ女王様はすぐさま身体を反転させ、康介の腰を跨ぐ。そして、満を持してヒップを沈めていった。

ぱっくりと割れたクロッチから覗く、二枚の陰唇があでやかな顕花植物に見える。花蜜をたっぷりと含んだ肉びらが、亀頭の先端に触れると、脊髄《せきずい》を青白い性電流が駆け抜けた。

（あぐうっ、我慢っ、我慢だ！）

こんなところで射精するわけにはいかない。

待ちに待った、念願の一瞬なのだ。

「……入れるよ」

茉莉奈が眉間に皺を寄せ、切なげな表情に変化する。

鶏冠のように突きでた濡れ羽が亀頭を挟み、ぬぷぷぷっと肉胴をすべり落ちる。

「は、ふぅっ」

ぬたついた粘膜が絡みつくと同時に、康介は心の中で快哉《かいさい》を叫んだ。

(やった！　ついに、ついに茉莉奈くんと結ばれたんだっ!!)

大きな商談を成約させたとき以上の達成感が、胸の奥に吹き荒れる。

ロリータ女王様は双眸《そうぼう》を閉じ、唇を嚙みしめたまま、さらに腰をゆっくりと落としていった。

「はあぁっ……根元まで入っちゃった。見える？」

茉莉奈は息を小さく吐きだし、目をうっすらと開けながら問いかける。

つぶらな瞳には白い膜が張り、頰も心なしか桜色に上気しているようだ。

康介は鼻息を荒らげ、結合部にきらめく視線を送った。

牡の強ばりは、確かに恥裂にぐっぽりと差しこまれている。

とろとろの熱い粘膜と淫蜜に包まれたペニスは、瞬時にして溶けてなくなりそうだ。ぐにょぐにょとした肉のフリルが、さざめきながら屹立を優しく揉みこんでくる。

しっぽりと濡れた膣道はすでにこなれ、まるで男根に同化してくるようだった。

「あ、あああぁぁっ」

茉莉奈はさらに足をM字に開き、牡と牝の絡み合う箇所を存分に見せつけた。

なんていやらしい光景、なんと素晴らしい情交なのだろう。

全身の筋肉が強ばり、自然と会陰に力を込めてしまう。

「射精は許可制、わかってるよね?」

「は、はい」

茉莉奈は酷薄の笑みを浮かべ、ヒップをゆったりとスライドさせていった。

「ん、むぅぅぅっ」

軽いピストンだけでも、心身ともに快楽の渦へと呑みこまれ、勃起がじんじんとひりつく。

康介は床に爪《つめ》を立て、こめかみの血管を膨らませた。

女王様の表情はもちろん、一挙手一投足を目に焼きつけておきたい。

そう考えても、愉悦の波を乗り切ることで精いっぱい。歯列を噛みしめ、顔を左右に振りながら必死の自制を試みる。

「はあぁっ、マ×コ……気持ちいい」

「あ、おぉっ」

「見える？　チ×コが、出たり入ったりしてるとこ」

「み、見えます！」

茉莉奈はヒップをグリンと回転させ、腰をレゲエダンサーのようにしゃくりあげた。

恥骨同士がこすれ合い、肉棒が熱い蜜壺の中で引き転がされる。

きりもみ状の刺激に身を仰け反らせるなか、女王様はまたもや言葉で中年男を責めたてた。

「私とエッチできて、うれしい？」

「う、う、うれしいです」

「こうなることを、ずっと考えていたんじゃない？」

「か、考えてました」

「いつから？」

膣肉を収縮させつつ、鹿を追いつめる勢子《せこ》のように、茉莉奈は追及の手を緩めない。

四面楚歌の状況こそ、マゾヒズムの血が騒ぐのだ。

康介は狂おしげな顔つきで、正直な気持ちを声高々に吐露した。

「は、初めて会ったときからです！」

「初めて？　私が秘書課に配属された日？」

「そ、そうですっ！」

「やだ……そんな目で、私のことをずっと見てたんだ？」

「ち、違います」

「何が違うのよ。いかにもジェントルマンのフリをして、スケベなことばかり考えていたってことでしょ？」

茉莉奈はキッと睨みつけ、ヒップを上下左右にスイングさせる。

媚肉で男根をこすりあげられるたびに、康介は顔を真っ赤にしながら身悶えた。

彼女は射精させないよう、心憎いばかりの律動で中年男の性感をコントロールしていたが、それでも射精感は着実に上昇のベクトルを描いていく。

「あぁ、ショック。そんな変態と、二年近くもいっしょに仕事してたなんて」

「さ、最初の頃は、考えないようにしていました！」

「当たり前でしょ！　三十以上も、歳が離れてるんだから！　まったく、人のパンティは盗む、身体は触る、オナニーは繰り返す。いい歳して、恥ずかしくないの⁉」

「は、恥ずかしいですっ！　で、でも、それは……」

言いかけて、康介は口を噤《つぐ》んだ。

理性を急に取り戻し、身の程知らずという言葉が脳裏をよぎる。

「それは……何？　はっきり言いなさいよ」

じっと見据えられただけで、大きな瞳の中に吸いこまれてしまいそうだ。

康介は顔をやや背け、これまで言えなかった本心を大声でぶちまけた。

「す、好きだから！　愛しているからです‼」

てっきり罵声《ばせい》を浴びせられると思ったのだが、茉莉奈はきょとんとしたあと、意外にも口元をほころばせた。

「ふうん。私も……好きだったよ。初めて会ったときから」

「えっ？」

「もしかすると……賢治さんとの結婚を決めたのも、康介ちゃんと毎日いっしょにいられると考えたのかも」

あまりの喜悦に、全身の筋肉が弾けそうだった。

彼女の言葉は社交辞令かもしれない。最後の逢瀬《おうせ》ということで、単に自分に合わせてくれただけとも考えられる。

それでも康介は、涙が出るほどうれしかった。

グスンと鼻を鳴らした瞬間、茉莉奈は再び眉尻を吊りあげる。

「だからって、お仕置きの件は別だからね。二度と命令に逆らえないよう、たっぷりと身体に味わわせてあげる」

「あ、ぐっ」

「チ×コ、突きあげて。私がイクまで我慢するのよ」

ロリータ女王様は、和式トイレのスタイルでヒップを派手に振りたてた。

大量に湧出した花蜜が、抽送のたびにぐちゅんずりゅんと淫らな音を奏でる。

まろやかな尻朶が太腿を軽やかに打ち鳴らし、凄まじい圧迫感に息が詰まる。

背骨が折れてしまいそうな猛烈なピストンだ。

「は、う、くほぉぉぉぉっ」

康介は首筋に青白い血管を浮きあがらせ、断末魔の悲鳴をあげた。

射精感はボーダーラインを飛び越え、絶頂の螺旋《らせん》階段を駆けのぼる。

「ほら！　おマ×コの奥をもっと突くの!!」

至高の快楽と、イキたくてもイケない苦痛の狭間《はざま》で悶え苦しみながら、女王様の命令は絶対なのだという不文律が頭の中を駆け巡った。

脳溢血患者のように顔面の血管を膨らませ、最後の踏ん張りとばかりに腰を突きあげる。

「あ……ンっ」

濡れた唇のあわいから、艶っぽい溜め息がこぼれ、しなやかな身体が大きく仰け反った。

贅肉のいっさいないウエストが前後に揺れ、上体が若鮎のように跳ね躍った。

瑞々しい女体の乱舞に心酔しながらも、腰の突きあげに神経を集中させていく。

茉莉奈を満足させてあげたいという一心から、康介は必死のピストンで膣奥を穿った。

「あ……ンっ、い、いい」

やがて、小鳥のさえずりのような喘ぎ声がこぼれはじめる。

彼女の性感はどの程度までのぼりつめているのか、朴念仁の自分にはまったく判断できない。

そのうち、射精感が限界ぎりぎりにまで達し、もどかしい思いが自制の結界を崩落させていった。

（あ、あ……も、もうだめかも）

最後ぐらいは男の意地を見せたかったのだが、結局は情けないM男の姿を晒してしまいそうだ。

「ふ……ンっ、はぁ、あ、ふぅぅっ」

茉莉奈の腰は、ムチのようなしなやかな動きを繰りだしていた。潑剌《はつらつ》とした若さが、何とも羨ましい。

年の差をいやというほど感じさせる抽送に、肉体と精神が頂点へと導かれる。

康介は口元を歪め、縋るような眼差しで我慢の限界を訴えた。

「女王様、も、もう……イキそうです」

「イキたいの？」

「イ、イキたいです！」

「堪え性のないチ×コ。いいわ、たっぷり出させてあげる。ふふっ、今日は何回射精できるのかな？」

茉莉奈はいったん腰を止めたあと、小悪魔の笑みをたたえた。

背筋をゾクリとさせた直後、再び猛烈な腰振りが開始される。

「はうっ！」

バチーンバチーンと肉の打音が鳴り響き、こんもりとした膨らみが恥骨を砕く勢いで真上から叩きつけられた。

「あ、ふわぁぁぁぁっ」

情け容赦ないピストンに、腰がもっていかれる。

心地いい窒息感に、全身の細胞が歓喜の渦に巻きこまれる。

うねうねとまとわりつく媚肉の感触、膣の奥から漏れる熱風に、射精感は瞬時にして臨界点を突破した。

「はあぁぁああぁぁっ！　おマ×コ、気持ちいいっ!!」

「ほ、本当にイキそうです！　イッていいですか!?」

一刻も早く、射精の許可がほしい。

甲高い声で懇願すると、茉莉奈はいきなり腰を上げ、ペニスを膣内から引き抜いた。

「あ、あっ！」

射精間際の寸止め行為に、身体が引き裂かれそうになる。

ロリータ女王様はほくそ笑み、後方に退きながら康介の両足を抱えこんだ。

「いいよ、苦しいの全部出しちゃおうね。濃いやつを、思いきりたっぷりと出すんだよ」

「え、え？」

のしかかるようにして体重を預けられ、臀部がググッと迫りあがる。

（な、何を!?）

ただ愕然とするなか、茉莉奈は康介の腰の裏に自らの腹部を押しあて、ちんぐり返しをしっかりと固定させた。

M字型に開いた両足のあいだから、可憐な女王様が満面の笑みを送る。そして右指を肉幹に絡ませ、猛烈な勢いでしごきたてた。

「ふふっ。イクとこ、全部見ててあげる」

「そ、そんな!?」

肉槍の先端は、自分の顔を突き刺すように向けられているのだ。

射精シーンを想像した康介は、苦悶の表情で身をよじらせた。

中年男の当惑など、どこ吹く風とばかりに、茉莉奈はリズミカルなスライドで肉筒をこれでもかと絞りあげる。

「エッチな白いミルク、たくさん出さないと許さないからね」

「あ……でも、でも」

「でもじゃないでしょ？　感謝しなさい。濃厚な一番搾り、こってりと抜いてあげるんだから」

大量の愛蜜をまとったペニスは、なめらかな抽送を生みだし、我慢しようにも快感はグングンと上昇してくる。

康介は眉を八の字に下げ、切なげな眼差しを注ぐばかりだった。

ザーメンを自身の顔面に浴びる行為は、さすがに抵抗がある。

理性が再び自制を試みようにも、射精感は待ったなしにレッドゾーンへと飛びこんだ。

敏感な雁首を、手のひらで何度も何度もこすりあげられる。

包皮を根元までたっぷりと剝かれ、薄皮状態の肉胴を逆手でギューッと引き絞られる。

巧緻を極めたテクニックには、ただただ翻弄《ほんろう》されるばかりだ。

顔を左右に打ち振り、まさに悶絶状態の康介を、茉莉奈は目を輝かせながら見つめていた。

「ふふっ、キンタマが上がってきた。スケベ汁、たっぷりと出すんだよ」

「あう、あう、あうぅぅっ」

「わかった？　返事は!?」

「は、はいぃぃぃっ！　あ……あぁ、も、もうだめっ！　だめですぅぅぅぅっ」

腰に熱感が走り、火柱が背筋を這いのぼる。

下肢を小刻みに震わせた直後、茉莉奈は目尻を吊りあげ、怒濤の言葉責めを開始した。

「出したくて出したくて、たまらないんだ？」

「そう、そうです！」

「チ×コ、こんなにおっ勃てて。言っておくけど、一回や二回じゃ終わらせないから。キンタマの中が空っぽになるまで、いやらしいミルク、全部搾り取ってあげる」

「あひぃぃっ！　搾り取って、一滴残らず搾り取ってくださぁぁい!!」

女王様の口から放たれる淫語が、甘美な調べとなって、全身をどろどろに蕩かせていく。

「私の顔を見なさい‼」

空気を切り裂くような命令を受け、康介は虚ろと化した目を両足のあいだに向けた。

凛とした眼差し、愛くるしい顔立ちを、死ぬまで忘れることはないだろう。

胸が甘く締めつけられ、狂おしい思いが込みあげる。

肉筒を嬲る指先と茉莉奈の蠱惑的な表情が、凄まじい快楽を中年男の体内からほとばしらせた。

「あああっ、茉莉奈女王様、好きっ！　大好きですぅぅぅぅっ‼」

「ほら、口を開けなっ‼」

「あふううっ！」

グチュングチュンと響き渡る淫らな破裂音に、思考が停止し、身も心も無我の境地へと旅立っていく。

泣き顔で大口を開けた瞬間、茉莉奈は口角を上げながら、手のひらで亀頭冠をグリングリンと嬲りまわした。

「あぐぅぅぅぅぅっ！」

虹色の光が頭の中を駆け巡り、切ない痺れが脳細胞を焼きつくす。

「イキます！　イキますぅぅぅぅっ!!」

「たっぷりと出すんだよ！」

柔らかい指先が雁首を強烈にこすりあげた直後、大量の白濁が視界を遮り、同時に康介は官能の頂点を極めていった。

エピローグ

除夜の鐘が鳴り響き、誰もが新年の喜びに浸るなか、康介は書斎に閉じこもり、梁川莉子が出演するアダルトビデオを見つめていた。

この家に、茉莉奈の姿はもうどこにもない。

手元に残ったのは、三本のビデオと彼女が身に着けた女王様グッズだけだった。

『あぁ、女王様。もっとたくさんお仕置きしてください』

白髪混じりのM男が、歓喜の雄叫《おたけ》びをあげている。

数日前まで、康介も間違いなく画面の中の立場にあったのだ。

律子と賢治の近親相姦を目撃していなかったら、いまだに茉莉奈との関係は続いていたに違いない。

離婚が決まるまでの三カ月間、なぜ彼女ともっと深い絆を結んでおかなかったのか。

激しいショックと新妻に対する申し訳なさから、つい躊躇《ちゅうちょ》してしまったのが悔やまれる。

「はあっ……茉莉奈くん」

映像の中の茉莉奈は顔面騎乗の体勢から、嬉々とした表情で中年男のペニスを嬲りつづけている。

康介は虚ろな眼差しをパソコン画面にとどめたまま、ズボンの合わせ目から硬直したペニスを引っ張りだし、女王様の手コキのリズムに合わせて逸物をしごきたてた。

無意識のうちに、手にしていたボディスーツのクロッチを鼻に押しあて、汗と恥臭をたっぷりと含んだ茉莉奈の残り香を胸いっぱいに吸いこむ。

ビデオのパッケージは、やはりパンドラの箱だったのだろうか。

禁断の扉を開け放たなければ、二人の結婚を破談にしておけば、こんなにつらい思いをすることはなかったのかもしれない。

箱の隅に残っていると思われた希望も、最後に康介の手からするりとこぼれ落ちてしまった。

茉莉奈の淫らなシーンに勃起はするも、心の中は冷たい風が吹き荒れている。

五十過ぎの色狂いは直らない。

知人の放った言葉が、今ははっきりと実感できた。

「ま、茉莉奈くん……会いたいよ」

ボディスーツにへばりついた媚臭を嗅ぎながら、M男の射精シーンに合わせ、自らの性感を頂点へと引っ張りあげる。

バーチャルの茉莉奈に対し、気持ちが高揚すれば情欲も昂る。

それでも康介は、溢れでる涙を止めることができなかった。

＊この作品は、イースト・プレス悦文庫のために書き下ろされました。

悦

イースト・プレス
悦文庫

息子《むすこ》の新妻《にいづま》 ふしだらな秘密《ひみつ》

早瀬真人《はやせまひと》

２０１６年１月22日 第１刷発行

企　画 松村由貴（大航海）
ＤＴＰ 臼田彩穂
編　集 田中彩乃　棒田　純

発行人 安本千恵子
発行所 株式会社 イースト・プレス

〒１０１－００５１
東京都千代田区神田神保町２－４－７久月神田ビル８Ｆ
電　話　０３－５２１３－４７００
ＦＡＸ　０３－５２１３－４７０１
http://www.eastpress.co.jp

印刷製本 中央精版印刷株式会社
ブックデザイン 後田泰輔（desmo）

ISBN978-4-7816-1394-9 C0193